Richard Schaukal

Karl Kraus
Versuch eines geistigen Bildnisses

I0660989

SEVERUS

Schaukal, Richard: Karl Kraus. Versuch eines
geistigen Bildnisses
Hamburg, SEVERUS Verlag 2013

ISBN: 978-3-86347-469-0
Druck: SEVERUS Verlag, Hamburg, 2013

Der SEVERUS Verlag ist ein Imprint der Diplomica
Verlag GmbH.

**Bibliografische Information der Deutschen
Nationalbibliothek:**
Die Deutsche Nationalbibliothek verzeichnet diese
Publikation in der Deutschen Nationalbibliografie;
detaillierte bibliografische Daten sind im Internet über
http://dnb.d-nb.de abrufbar.

KARL KRAUS

Versuch eines geistigen Bildnisses

Von

RICHARD SCHAUKAL

SEVERUS

Nach einer Aufnahme von Franz Pfemfert, Wien 1930

KARL KRAUS

THEODOR HAECKER

in Wahrhaftigkeit
und von Herzen

1. April 1933   R. v. Sch.

Les ouvrages bien écrits
seront les seuls qui
passeront à la postérité.
                    Buffon

Alle das Denken
gibt keinen Halt,
Dauer nur schenken
kann die Gestalt.
                Schaukal

Der Einladung Dr. Forst=Battaglias, für die von ihm geplante Sammlung als deren erstes Stück einen Aufsatz über Karl Kraus zu schreiben, habe ich mich, nach kurzem Zögern, nicht versagt. Das Zögern hat die= selbe Ursache wie die Zusage. Seit seinem Auftreten mit dem „Herausgeber der Fackel" als sein ständiger Leser verbunden und, bei mancherlei Vorbehalten und Einwendungen, ohne Wanken sein Schätzer, hatte ich mich mit seinem packenden und fesselnden Geiste des öfteren überschauend auseinanderzu= setzen inneren Anlaß gehabt. Auch war mir bereits vor dieser annehmliche Gelegenheit geboten, meiner Auffassung des in viel= facher Hinsicht Gleichstrebenden, trotz ent= schiedenen Gegensätzen tief Verwandten öffentlichen Ausdruck zu geben. Ich hatte das bisher vermieden, aus der begreiflichen Scheu, die einen abhält, gerade von dem zu sprechen, was einem nahegeht, worüber man viel zu sagen hätte. So habe ich über manche Gestalt, die mich nachhaltend beschäftigte, Cäsar, Dante, Shakespeare, Wallenstein, Pascal, Lichtenberg, Rivarol, Raimund, Beyle, Courier, Rimbaud, kaum mehr als Anmer= kungen zustandegebracht. (Warum das in ähn=

lichen Fällen, für Hoffmann, Jean Paul, Kleist,
Stifter, Merimée, Busch, Verlaine, France,
Gide, Proust, anders, ja geradezu ins Gegen⸗
teil hat verlaufen müssen, weiß ich nicht zu
begründen.) Sicherlich spielt dabei auch die
Gewissenhaftigkeit, die mit den Jahren nur
um so zäher sich geltend macht, eine nicht
zu unterschätzende Rolle: man traut sich, je
mehr man von einem Gegenstande weiß, um
so weniger zu, ihn zu umfassen. Denn der
Gewinn des geistigen, ja vielleicht jedes wirk⸗
lichen Erwerbes ist der wachsende Zweifel,
ihn zu besitzen. Was aber insbesondere Kraus
betrifft, so lag die Schwierigkeit noch auf
einem heikleren Gebiete. Wir sind im selben
Alter, haben einander in der Jugend gekannt
und sind dann, ohne auseinanderzukommen,
voneinander gelangt. Wir werden seit Jahren
oft nebeneinander genannt, sind beide eben⸗
so mitteilsam in der Öffentlichkeit wie, jeder
auf seine Weise, ablehnend gegen persön⸗
liche Näherung. Wir haben einander bisher
schweigend über unsere Schranken hinweg
gegrüßt. Es schien mir fast unpassend, dieses
vierzigjährige Verhältnis entfernter Gemein⸗
schaft durch eine weithin vernehmliche
Äußerung plötzlich zu unterbrechen. Den⸗
noch war der Wunsch in mir wachgeblieben,
dem ungleichen Wahlverwandten, ihm selbst
zumal, nicht meist gleichgültigen Zuhörern,

12

so gut ich es vermöchte, zu sagen, wie viel er mir bedeutete. Da kam der freundschaftliche Wunsch eines entschlossenen Vermittlers, dem gleich viel an uns beiden liegt, als ein nicht zu überhörender Aufruf an mein Gewissen. Daß die Frist von knapp vier Wochen, die zur Ausführung der in ihrem Gewicht nichts weniger als unterschätzten Aufgabe zugemessen war, mir den Entschluß erleichtert hat, gehört zu meiner Verfassung. Und noch etwas schien mir daran für mich günstig: daß ich gar nicht in der Lage war, nach der sonst nur allzu genau genommenen Pflicht mich mit meinem Stoffe, mein Wissen nachprüfend und ergänzend, erst wieder einzulassen. So ist denn dieses kleine Buch — denn geradezu ein Buch ist aus dem dreimal umgegossenen und bis zuletzt in jedem Zug aber und abermals erwogenen, in vielem veränderten Aufsatze geworden —, so ist denn dieser nicht flüchtige, aber auch im Entferntesten nicht zureichende Versuch einer Umrißzeichnung nach einem vertrauten, doch nicht unmittelbar gegenwärtigen geistigen Antlitz ohne jegliche Vorstudie unternommen worden, im Vertrauen darauf, daß sich einem vollen Anblick oft mehr von seinem Gegenstand ergäbe als einem langsam sammelnden und schichtenden Einblick. Vorausgesetzt, daß der Blick mit Unbefangenheit und gutem Willen, dem zur Wahrhaftigkeit nämlich, geschähe.

Eine herzliche Freude ist es mir, daß der Dritte in einem unausgesprochenen Bunde von Alleingängern die ihm angebotene Widmung der ihm unbekannten Schrift ebenso gern angenommen hat wie ich die mich ehrende Aufforderung, sie zu verfassen.

Wien-Grinzing, am 20. November 1932.

Einen wahrhaftigen Menschen muß man alles in allem nehmen. Sein Dasein gilt, wie es ist. Ragt er durch innere Haltung, die seinem Tun Bedeutung verleiht, unter anderen hervor — was schon am Abstand zu merken ist, den er zwischen sich und ihnen läßt —, so wird er die Teilnahme Empfänglicher fesseln. (Der unwahrhaftige Mensch, der aus sich etwas macht, gelten will als einer, der er nicht ist, vermag zwar aufzufallen, muß aber Urteilsfähige auf die Dauer enttäuschen.) Wenn nun der Eindruck eines richtig gehenden, dem Gesetze seines Wesens gemäßen Menschen völlig ist, wird doch die Aufmerksamkeit, die ihn in Empfang genommen hat, mit dem öfter Betrachteten sich auseinanderzusetzen das Bedürfnis fühlen, dem Bestand und dem Zusammenhang des geschlossenen Bildes nachforschen. Nachdenken über eine Wirkung, derer man sich als einer andauernden bewußt bleibt, fordert zur Beurteilung, also zur Unterscheidung der vermuteten und festzustellenden Bestandteile auf. Dieser Vorgang heißt im Gegensatze zur unerwogenen Hingebung an das Wirksame, der rein genießenden Anschauung, Kritik. Sich klar

zu werden über das Angeschaute, das Wir=
kende auf die Wirksamkeit zu prüfen, die
Gründe der Wirkung klarzulegen, ist ihr In=
halt. Erfaßt er ihn, einer Neigung nachgebend,
die sich der Begabung dankt, als Aufgabe,
so wird der kritische Geist, der jedem Den=
kenden innewohnt, das haltlos ausschwei=
fende Denken in sich erst befestigt, formt,
den Kritiker erzeugen, den Menschen, der
Zeugenschaft abzulegen gedrängt ist davon,
wie er sich seinen Eindruck klar gemacht
hat. Es gilt, der Auffassung anderer zu ver=
mitteln und, wenn auch dort unmittelbarer
Eindruck wirksam geworden ist, zu verdeut=
lichen, was man sich selbst unterscheidend
als Zusammenhang bestätigt. Das aber kann
nur geschehen, indem man ihn aufbauend
wiederherstellt.

Der geistige Aufbau eines Ganzen aus den
in dessen Gesamteindruck erschlossenen
Bestandteilen gleicht dem Verfahren, das
seiner Natur nach und auf seine Weise,
geistbestimmt, aber am lebensfähigen Stoffe,
das Leben Lebendiges gestaltend einschlägt.
Alles Schaffen errichtet, von der Idee ge=
leitet, die es vorgebildet hat, das zu Er=
richtende. Das vollendete Werk — Voll=
endung heißt die Völligkeit des Werkes —
ist e n t s t a n d e n, hat entstehen müssen,
anders freilich, mit Bedacht und durch

Fleiß, als das Geschöpf, das, trotz seiner Entwicklung, dem Verlauf zu sich selbst, einem Zeitvorgang, seiner Idee unmittelbar entstammt. Das menschliche Schaffen, eine mittelbare Wiederholung der Schöpfung, geschieht aus Notwendigkeit in Freiheit, die Schöpfung Gottes ist planmäßig, gebunden an den sich selbst setzenden Sinn. Sie ist als Ausdruck sinnvoll, das ist eindeutig (wenn auch unerkannt). Jenes unterliegt der Auslegung, also auch der Verkennung. So wie Irrtum — der zur Eigenmacht strebende Schatten der Freiheit (im Sittlichen die Sünde) — es in Verirrung führen kann. Aber Wahrhaftigkeit rechtfertigt auch die Verfehlung.

Der wahrhaftige Kritiker eines völligen Eindruckes vermittelt schaffend seinerseits den Eindruck des Ganzen. Aber er ist selbst, was er beurteilt, scheidet und aufbauend wiederherstellt: eine Einheit. Er kann, so sehr er seinen Gegenstand, die fremde Einheit, durchdringen mag, nicht aus sich gelangen, bleibt, was er ist; durch ihn als Ganzes muß hindurchgehen, was er aus sich wiedergibt.

Wenn ich heute Karl Kraus, wie er auf mich gewirkt hat, darzustellen unternehme, hat die Darstellung mit mir zu rechnen: ich kann mich darin nicht unterschlagen. Was man Objektivität des Kritikers zu nennen beliebt, ist nichts als eine der Wahrhaftigkeit beflissene Subjektivität. Ich berichte getreu, was ich weiß und wie ich es verstehe.

So wird auch der Maler, der sich einen Schöpfer fühlt, nicht vergebens mit der Platte, die ein Lichtbild aufnimmt, um die Ähnlichkeit der Widergabe wetteifern mögen, die ihre Wahrheit seiner Treue dankt. Die Kunst hat ihr Gesetz, aber als Werk des Menschen ist sie in dessen Wesen begründet. Und je näher sie ihm bleibt, je menschlicher sie sich dartut, umso größer ist ihre Macht auf ihren Empfänger. Es gibt nicht Kunst für die Kunst. Kunst ist eine andere Ebene als die Wirklichkeit, die sie überhöht, aber sie fällt darum nicht aus der Ordnung des Geistes. Kunst ist Geist, der als Gestalt dauert. Geist aber ist Person.

Wenn ich mir die Wirkung klarzumachen suche, die Karl Kraus auf mich ausübt, eine stetige Wirkung, die seit vierzig Jahren anhält — so lange kenne ich ihn, dem ich im Herbst 1892, im ersten Universitätsjahr, auf eine Weile nähergetreten bin —, so knüpfe ich an den ersten Eindruck an. Er ist freilich in dem stärkeren aufgegangen, den die seither aus der Ferne verfolgte Tätigkeit des Schriftstellers in mir behauptet, aber ich glaube mich nicht zu täuschen, wenn ich die Erinnerung an die Begegnung der Gleichaltrigen, Gleichstrebenden — Neigung zum Schrifttum hatte uns entfernte Landsleute zusammengebracht — mir mit den Worten vergegenwärtige, daß der kleine blasse Mensch mit den scharf blickenden Augen das, was er auf eine bestimmte Art sagte, klar gedacht hatte. Ich bin niemals neugierig gewesen. Ich wußte nichts von dem neuen Bekannten und habe ihm nicht nachgefragt. Mir genügte das ansprechende, anregende Dasein eines, der Gefallen daran fand, mir auf meinem Lieblingsgebiete manches noch nicht Bemerkte zu zeigen. Er hat mir auf meiner Studentenstube Gerhart Hauptmanns „Weber" vorgelesen. Mit dem Verständnis der Liebe. Wir haben das Café „Griensteidl" in der Herrengasse besucht, beide — so will ich es wenigstens im Nachhinein auch für ihn annehmen — noch von einer bald zu enttäuschenden Erwartung geblendet: das „Wunderbare" schwebte ja in der Luft. Unsere Wege führten uns schon nach kurzer Zeit auseinander. Meinem ersten Buche „Gedichte", das ich ihm geschickt hatte, hat er im „Magazin für Literatur" eine ausführliche Besprechung angedeihen lassen. Hiemit endet, zugleich mit meiner flüchtigen Beziehung zu der in Wien ver-

körperten Literatur überhaupt, die persön=
liche Berührung mit dem einzigen meiner
deutsch schreibenden Zeitgenossen, von
dem mir alles, jede Zeile, lesenswert, das
meiste wichtig, vieles gewaltig dünkt, dem
großen Schriftsteller, der einer unförmlichen
und hinfälligen Welt, indem er sie in seiner
wahrhaftigen Sprache sich spiegeln ließ, zur
lächerlichen Erscheinung verholfen, ihr un=
sterbliche Verächtlichkeit verliehen hat.
Später ist in solcher Unübersehbarkeit,
Ausschließlichkeit, Eindeutigkeit, als not=
wendiger Ausdruck und überzeugender Ein=
druck, als Sein, als Dauer, nur noch Theo=
dor Haecker, der große Katholik, der größte
unter den streitbaren Glaubenszeugen seit
Joseph de Maistre, als ihm ebenbürtiger
meisterlicher Bekenner neben den „Heraus=
geber der Fackel" getreten.

Die Bekenner. An den Schöpfern, die
durchaus Dichter sind, deren Dichtertum,
natürlich wie das Fliegen der Vögel und das
Duften der Blumen, unbegreifliche Gnade
der ertönenden Seele ist, überhört man,
entzückt von ihrem betörenden Gesange,
das Persönliche, Menschlich=Eigentümliche,
ebenso wie man es an den reinen Künstlern
staunend übersieht, die sich in der Natur=
ferne der Selbstvollendung unter ihrer voll=
kommenen Sprachgestalt dem zudringenden

Blicke stolz entziehen. Die Bekenner aber, seien sie wie Pascal den Dichtern oder wie Lessing den Künstlern zuzuzählen, wirken, aller Bewunderung unerachtet, als Menschen in Menschlichkeit: Schattenseiten verschär=fen nur die ausdrucksvollen Züge. Ihr Werk, ohne daß wir das Ganze kennen müßten, lockt und bannt als Ganzes: jeder seiner Teile wiederholt es in der Einheitlichkeit seines Charakters.

Kraus ist ein Bekenner: worauf immer seine Künstlerschaft sich einläßt, als auf seine Beute sich hinabläßt, er setzt sich da=mit auseinander. Um seiner selbst willen, per=sönlich. Aber als Künstler.

Wer ist dieser Künstler, was ist es für ein Mensch, der sich an seinem Gegenstande, ihn in Worten gestaltend, bekennt? Kaum kann es größere Gegensätze geben als Karl Kraus und den, der sich, nicht ohne ihm unterweilen auf das lebhafteste zu widersprechen, im=mer wieder für ihn erklärt hat und weiter=hin, denn wir werden uns nicht mehr ändern, unter Widersprüchen für ihn erklären wird. Fast alles in und an uns zweien, die man so oft nebeneinander nennt, ist — soweit ich mich zu kennen meine und den Gegenfüßler aus unausgesetzter liebevoller Beobachtung in mir erneuere — anders.

Zunächst die Herkunft. Den Stoff zu seinem

Wesen, das, was ihn unverlierbar ausmacht, dankt der Mensch seinen Ahnen. Mag er in Freiheit, als Person, sich selbst bestimmen, mag Erziehung, das ist Beispiel, wirksames Vorbild, den aufmerksamen, gefügigen, bild= samen noch so gebieterisch zusammenraf= fen: es geschieht an dem Vorhandenen; man wächst wie in der Richtung zu sich selbst, der niemand entrinnt, so aus seinen Wur= zeln, die im Erdreich, im Erbtum von Fa= milie, Sippe, Stamm, Volk, Heimat haften. Es ist einer der empfindlichsten Mängel des Juden, sein Fluch und seine Auszeichnung zugleich, daß er den Grund seines Stammes, die Heimat seines Volkes eingebüßt, ver= lassen und aufgegeben hat: wenn jeder Mensch in seinem Blut seine Toten beherbergt, hat der heimatlose Gast aller Völker in den Vor= fahren auch seinen verlorenen Boden ge= borgen. Landnot hat in ihm das Erbe ver= stärkt. Das macht wohl die unverkennbare Kraft aus, mit der es sich, selbst in anhalten= der Mischung, behauptet. Der Jude hat seine Heimat nicht wie wir andern in der Breite eines räumlichen Zusammenhanges, sondern im Bewußtsein seines Blutes. So sehr er sich denen anzupassen begabt, die nachzuahmen bestrebt ist, unter denen er sich nieder= gelassen hat, er kann nicht in ihnen auf= gehen. Er erkennt sich, zustimmend und be=

22

streitend, widerwillig und widerstandslos in
seinesgleichen. Und bei der leisesten Be-
drohung seiner inneren Heimat durch die mit
Mißtrauen und Eifersucht beobachtete Um-
welt, die er aus seiner Einsamkeit zu über-
winden, sich zu unterwerfen trachtet, schießt,
wie nach seinem Gesetz der Kristall, der
Körper des zerstreuten Jüdischen empor, der
sich in seinem geschlossenen Zusammenhalt
dem fremden Nächsten herausfordernd in
den Weg stellt. Diese wache Blutsgemein-
schaft, die sich, dank tausendjähriger Ab-
sonderung von einer beneideten und ersehn-
ten, aber instinktiv abgelehnten andern Art
zu sein, als Eigensinn in Gemeinsinn be-
tätigt, hat ihren rasse-, das ist gesetzmäßigen
Ausdruck in einer absprechenden, wider-
sprechenden Geistigkeit, die sich in Vernunft und Vernünftigkeit erschöpft.

Vernunft, des „Menschen allerhöchste
Kraft" (die „Wissenschaft" ergibt sich als
ihre Lust und Last — „habe nun ach" —
aus ihrem Erkenntnisdrang), Vernunft ist
seine höchste Gefahr, die Falle seiner
Menschlichkeit. Den Baum der Erkenntnis
hatte der Teufel ins Paradies gesetzt. Mit
Willen Gottes. An der Versuchung, die nicht
Sein Werk ist, sondern das des Widersachers,
sollte sich der begnadete, aber um so freiere
Mensch bewähren. Er hat es nicht über sich

vermocht, der Neugierde, der bösen Lust nach dem Wissen, der Allwissenheit zu widerstehen. Seither kämpft der Mensch den Kampf mit der Erbsünde, der dreifachen Begehrlichkeit. Die Frucht vom Baume, der mit dem Paradies in Gottes Unergründlich= keit versank, hat ihm den reinen Aufschwung seiner Freiheit nach seinem Ziele gelähmt. Ver= nunft, fähig sich zu den ewigen Ideen zu er= heben, die als die Fixsterne am Gewölbe des allumfassenden Seins das unablässige Wer= den der Erscheinungen leiten, erliegt dem niederziehenden Bestreben ihrer entarteten Natur: ratio will Rationalismus, intellectus Intellektualismus werden, das heißt, von sich aus, von allem Anfang an, voraussetzungs= los erkennen. Solange die Vernunft der ir= rationalen Wirklichkeit, die sich im Wechsel, der Veränderung der Dinge als Dauer be= währt und so in der Welt der Tatsachen als dessen Abbild das Sein bestätigt, in freiwil= liger Selbstbeschränkung ihres grenzen= und endlosen Dranges sich hingibt (ohne sich ihr zu unterwerfen), bleibt sie natürlich. Der Durchgang durch dieses unerschöpfliche Ge= sundbad der unbegreiflichen Selbstverständ= lichkeit stärkt sie mit Anschauung (wie der Durchgang durch die unbegreifliche Ge= wißheit der Glaubenswahrheit sie in Liebe läutert). Die von der Wirklichkeit sich

lösende, die „emanzipierte" Vernunft ver=
kennt in unfruchtbarer Überheblichkeit sich
selbst. Statt die Ordnung in Welt und Leben
— Vergangenheit, die Gegenwart begründet,
Gegenwart, die sich zu Vergangenheit sam=
melt — um ihren Sinn zu befragen, macht
sie sich anheischig, das Gesetzmäßige nach
ihrer leergehenden Begrifflichkeit zu regeln,
wenn sie nicht gar das Unbedingte ihren
Maßen zu unterwerfen sich erdreistet. Diese
Vernunftkrankheit der Vernünftigkeit ist
nicht den Juden vorbehalten, aber ihrer
rührigen Geistigkeit seit jeher ebenso eigen=
tümlich wie ihrer orientalischen Sinnlichkeit
die stoffliche Üppigkeit, der Materialismus.
Inmitten dieser zwiefachen Ausartung ist
die Phantasie, die schöpferische Vorstellungs=
fähigkeit verschrumpft.

Dem anders gearteten, also von Grund
aus anders gerichteten, nämlich einerseits
von Ideen geleiteten, anderseits und zwar
mit der lebhaftesten Vorstellung auf die
Wirklichkeit — Tatsächlichkeit und Ge=
schichte — gewendeten Geist ist jene gegen=
sätzliche Verfassung, weil er sie übersieht,
ohne weiteres zugänglich, so sehr er sie als
unergiebig ablehnt. Umgekehrt versteht der
Intellektualist den organischen Denker nicht,
weil ihm dessen Mittelpunkt unerreichbar
bleibt. Ein Pascal begreift (und verwirft)

einen Descartes; dieser ahnt jenen nicht. Voltaire kann über Leibnitz nur spötteln; wie albern er sich darin ausnimmt, ist ihm versagt, einzusehen. Im gemeinen Leben macht sich der Gegensatz als der des Phili=sters zum „Enthusiasten", als der des Gebil=deten zum „Selbstverständlichen" geltend. (Hoffmann hat ihn im „Goldnen Topf" und im „Kreisler" auf unnachahmliche Weise ge=staltet. Ihm entspringt die romantische Ironie.)

Es sei hier vorweggenommen, daß Karl Kraus seiner intellektualistischen Erblast, dank vor allem seiner künstlerischen Veran=lagung, keineswegs erliegt (ebensowenig wie Marcel Proust), sondern auf dem Wege zu sich selbst dem organischen Denker wahl=verwandt begegnet, wie dieser in ihm trotz anderem Ausgang ein Stück von sich be=grüßt.

Aber zunächst ist der zweite Gegensatz zwischen ihm und seinem Beurteiler festzu=stellen. Er ergibt sich ungesucht aus dem grundlegenden, der Herkunft und der von ihr geformten Geistigkeit. Es ist die Welt=anschauung, die (auch beim Ungläubigen) vom Glauben als dem Anfang aller Erfah=rung, also vom Unbewußten getragene un=willkürliche einheitliche Auffassung der Welt, der natürlichen und der übernatür=

lichen Wirklichkeit. War die Verfassung des Geistes als Form und Mittel seiner eigen= tümlichen Wiedergabe der bewegliche Emp= fänger des „Nicht=ich", so ist die Welt= anschauung dessen bewußtes Abbild als gei= stiger Zusammenhang. Sie ist entweder meta= physisch, das heißt im Unbedingten (Ab= soluten) versichert, oder positivistisch, das heißt am Bedingten (Relativen) verharrend. Man kann jene als die der religiösen Hal= tung, diese als Agnostizismus bezeichnen. Mit der als Intellektualismus oder Rationa= lismus bestimmten Geistigkeit scheint die „Wahl" der Weltanschauung gegeben. Ihre Minderwertigkeit als überhebliche Be= schränktheit richtet über ihr Ergebnis. Aber es gibt Grenzfälle, die durch das Abbiegen der Grundrichtung merkwürdig sind. Ein solcher und einer der seltsamsten und er= giebigsten drängt sich in Karl Kraus auf. Wie gesagt, schlägt die überkommene Verfas= sung seines Geistes aus der Art. Und so stellt er sich denn auch in seinem geistigen Verhalten als Zwitter dar. Sein Weltbild ist in seinen Hauptzügen nichts weniger als positivistisch, obwohl sein Denken sich nicht nach den Ideen, den „Müttern" richtet, son= dern sich aus sich selbst bestimmt. Aber sein Intellektualismus ist in der Neigung zur Regelung des Irrationalen gleich dem Spino=

zas durch die Ahnung der Gewißheit ge=
hemmt.

Ohne die Entschiedenheit christlicher Re=
ligiosität, der er von fern, am Rande des
Lichtes in würdiger Haltung folgt, hat er für
die Afterdogmen einer Freigeisterei einge=
schriebener Vereinsmitglieder dieselbe Ver=
achtung wie für den Anstandsanstrich einer
Frömmigkeit, unter dem die nackte Gemein=
heit sich gedeckt wähnt. Wenn er auch die
Hellsichtigkeit der blinden „Einbildungen",
die Unbefangenheit der „Vorurteile", die
Selbstverständlichkeit des Unvernünftigen,
den Adel der Gefolgschaft, die Ergiebigkeit
der Treue vom Scharfsinn des Unbeteilig=
ten zu übersehen verführt wird und so
um eine bereichernde Erkenntnis betrogen
bleibt, deren Gefühl ihm nicht versagt, aber
zu seinem Schaden verkümmert ist, so
widersetzt er sich doch, und nicht aus Wider=
spruchsgeist, sondern aus Widerwillen, der
schmählichen Zumutung einer Fortschritts=
parole, deren kreischende Anmaßung gegen=
über dem Insichberuhenden seinem Gehör
den Rückschritt geradezu zur Pflicht macht.
Er atmet im warmen Schatten einer unsicht=
baren Gegenwart. Dieser mehr gedanken=
als gefühlsmäßige „Sozialist" und unwahr=
scheinliche Demokrat, dessen eingeborener
Republikanismus angestautem Ekel vor der

Freiheitsfratze eines ebenso verlogenen wie gefräßigen Parteibonzentums die nieder=schmetternde Entrüstung nicht lähmen kann, ist in seiner ingrimmigen Auflehnung gegen eine bürgerliche Gesellschaftsordnung, die jedem Erfolg, wär's auch des Einbrechers, seinen Platz sichert und dem Pharisäismus die Ausgestoßenen beflissen zur geneigten Verfügung stellt, gleich Beyle uneingestan=denermaßen, aber schon aus Reinlichkeits=bedürfnis Aristokrat (daß es noch niemals einen „demokratischen" Künstler gegeben hat, leuchtet ein); dieser leidenschaftliche Krieger= und Kriegsfeind, dem ihr wuchern=der Mißwuchs die aus edeln Wurzeln ragende Wehrhaftigkeit verdeckt, dem der männ=liche Stolz unbedingten Gehorsams als der Pflichtschule des verantwortlichen Befehls=habers in Schwall und Stank der unentweg=ten Selbstverstümmelung, der unüberwind=lichen Gewissenlosigkeit bis zur Unkennt=lichkeit sich verschleiert, ist ein geborener Kämpfer und der unversöhnliche Wider=sacher aller sich setzenden Friedlichkeit; Individualist und, als Revolutionär, „Pro=testant", fühlt er sich von der unauffälligen Geordnetheit, der verbindlichen Unzugäng=lichkeit, der unpersönlichen Ausdrucksam=keit der „Welt" angezogen, deren untrüg=lichen Spiegel er mit der vernichtenden Her=

ablassung des einer besseren Belehrten der Armseligkeit einer ungläubig auf wechsel= seitige Geltung versicherten Ersatzgesell= schaft entgegenwendet; ohne sein „abtrünni= ges" Volk, dessen Schamlosigkeit vor jedem blechernen Standbilde des unzüchtigen Zeit= geistes huldigend in die Knie bricht, dessen Unverschämtheit der eingeschüchterten Nachgiebigkeit den Fuß in den Nacken stößt, dessen Feigheit vor entrüstetem Widerstand in jegliche Verleugnung flüchtet, der Ver= kündigung seines eifernden, aber versöhn= lichen Gottes zu würdigen, freilich auch ohne mit der verzweifelten Begeisterung seines Bruders in partibus fidelium Léon Bloy den verkommenen Erben beider Testamente aus den eigenen Blutmalen das auf Sturmesflügeln nahende Gericht des Kruzifixus zu weissagen, ersteht er doch immer wieder aus den Nie= derungen der Anlässe in alttestamentarischer Prophetenwut zu rächender Donnerrede gegen die abgründig klaffenden Ursachen einer Kulturschande, die in Pestschwaden zum Himmel dampft, und der sich nicht ge= nugtun kann in seinem auch die äußerste Grenze der versöhnenden „anderen Seite" überflutenden Schimpf, vermag es mit einem Male, dem Erhabenen in mächtig anschwel= lenden Tönen zu huldigen. Alles ist Wahr= haftigkeit an diesem rücksichtslosen Be=

kenner. Auch der Irrtum. Denn es hieße,
ihm und der seinen menschlichen wie seinen
künstlerischen Maßen gebührenden hohen
Achtung, der Würde aber auch der eigenen
Unbefangenheit, der Gerechtigkeit des offe=
nen Urteils nicht Unbeträchtliches vergeben,
wollte man sich verhehlen, gar in Abrede
stellen, daß Kraus wie als befremdender An=
walt mancher verlorenen Sache so durch
manchen Mißgriff ans Unantastbare Gefühle
verletzt, deren Träger eben um solcher Fein=
fühligkeit willen die Auserwählten unter
seinen nicht durchaus berufenen Anhängern
abzugeben geeignet wären. Wie Pascal schwer
gefehlt hat, als er den Probabilismus der
jesuitischen Moraltheologie, vielmehr ein=
zelner jesuitischer Moraltheologen vor dem
zudringlichen Umstand der Mit= und Nach=
welt an den Pranger band und damit die
auch in ihrer Verzerrung ehrwürdige katho=
lische Sittlichkeit aus selbstgefälliger Recht=
haberei bloßstellte, ja die christliche Lehre
schwer verwundete, so tut Kraus — und nicht
zuletzt sich selbst — unrecht, wenn er im
heiligen Eifer gerechten Zornes gegen die
Lüge mit dem mörderischen Beil seines treff=
sicheren Hohnes auch den Gutgläubigen nicht
verschont, mit der Sünde den armen Sünder
spaltet und im Namen einer nur zu übel be=
rufenen Menschlichkeit nicht nur dem Un=

menschlichen (das zuweilen not= und wohl=
tut), sondern dem Menschlichen, dem, was
in Mangelhaftigkeit den natürlichen Men=
schen ausmacht, unversöhnlich nahetritt.
Denn — das versieht die farbenblinde Ro=
mantik der Übervernunft — es gibt weder
allgemeine Menschenrechte noch eine
Menschheit im allgemeinen, sondern heute
wie je nur Menschen; es handelt sich immer
wieder um die einzelnen Menschen, die aus
Gruppen Blutsverwandter in der Gemein=
schaft von Erde und Luft zu Völkern er=
wachsen, wie die Bäume desselben Schlages
Laub= und Nadelwälder und hinwiederum
Eichen=, Buchen=, Tannenwälder bilden. Das
ist nicht ein Gleichnis, sondern ein Vergleich
und will besagen, daß die Menschen und die
Völker in ihrer natürlichen Besonderheit ge=
nommen werden wollen. Woher wir kom=
men, nicht wohin wir kommen sollen, ist
das für uns Entscheidende. Und entscheidet
auch darüber, wer im einzelnen Fall über
uns zu entscheiden hat. Lehnt doch der
Österreicher mit Recht „preußische Ge=
schichtsschreibung" ab über das, was nur
aus österreichischer Art zu begreifen ist.
Denn der Eingang zum Verständnis wie zur
Verständigung ist Liebe. Liebe aber ist nicht
Wahl und Wille, sondern Not und Notwen=
digkeit.

Was ein Werk wie „Die letzten Tage der Menschheit", obwohl die Anklage, die es gegen Menschen eines bestimmten Raumes, einer bestimmten Zeit erhebt, in ihrer Wucht durch Tatsachen beglaubigt ist, für das Gefühl nicht der Schlechtesten unter den Überlebenden der „großen Zeit" zur Schmähschrift stempelt, ist nicht die Grausamkeit, mit der der öffentliche Ankläger kraft seiner sittlichen Berufung die offenbare Schändlichkeit als Schande brandmarkt, sondern der Mangel an Liebe, der ihn zu seinem fürchterlichen Amte befähigt. Nicht, daß ihn das Herausfordernde dazu herausfordert, sondern wie gern er sich hat herausfordern lassen, wirkt um so peinlicher auf den, der das von einem fürchterlichen Spaßmacher so unverlöschlich Gezeichnete betroffen und getroffen mit seinem von Ekel und Scham erfüllten Blicke noch einmal trifft. Gewiß, hier war dem geborenen Satiriker — denn Kraus ist nicht Timon, dessen edelmütiges Vertrauen zu den Menschen sich, getäuscht, in rächenden Haß verwandelt; das Stichwort, das seine Leidenschaft rasen macht, stand in der Rolle, die ihm auf den Leib geschrieben ist —, hier war dem eingefleischten Flucher ein gefundener Stoff gegeben, ein Stoff, der sich gebietender Überschau wie von selbst nach dem ihm zugedachten Bilde formte: der Krieg, also, wie Kraus ihn einzig ansprechen konnte, eine verbrecherische greuliche Töterei, als Veröffentlichung und Öffentlichkeit, vor Publikum und für das Publikum mit Verlogenheit in Szene gesetzt, Beute und Ausbeute einer als Patrioten protokollierten Gesellschaft von Leichenräubern. Sicherlich war das, wie sie in aller Unschuld ihrer Verruchtheit einem sich daran weidenden, ausweidenden Anblicke sich darbot, darbrachte, die Ansicht des Krieges, die der richterische Zugriff brauchen konnte, aufbrauchen mußte. Hier hatte einer, der ihn sich nicht tauglicher hätte erfinden können, den Gegenstand, der für sein Schaffen geschaffen war. Der Satiriker ist, Gott bewahre ihn, kein Barde, kein Heldensänger. Aber war dieser einzige Stoff zu einer mörderischen Satire nichts als das? War er in seiner auftrumpfenden Schändlichkeit nur die eklige Fertigware einer damit dem Stumpfsinn ihrer Abnehmer aufwartenden Lügenpresse, Elend und Jammer als Gelegenheitsmacherei, Unglück als Ausstattungsstück, Jauche verwesender Gesinnung, Roheit im Gauklerflitter? Vielleicht ist es schwerer, als über ein „Völkerringen", in das die bekannte „Stimme des Herrn" dreinzureden hat, eine Satire nicht zu schreiben, die unzähligen Wunder an Schönheit und Würde,

34

Ehre und Treue, Glauben und Mut, Ent=
sagung und Opfer zu sammeln, die vier Jahre
des göttlichen Zornes und der irdischen Pla=
gen, vier Jahre des Entsetzens unter einer
in allen Tinten der Fäulnis erschimmernden
Oberfläche verbargen. Ich sage nicht, daß
das Aufgabe des Satirikers sei und seiner
aufschäumenden Empörung über fluchwürdi=
gen Mißbrauch menschlicher Not. Ich frage
nur, ob die grausige Groteske, die ihren
moralischen Zwecken gemäß alle Umstände
in das grelle Licht ihrer erzieherischen, ihrer
abschreckenden Absichten rückt, die ihrer
künstlerischen Lust den Kitzel nicht versagt,
die Umrisse der blutrünstigen Schande ins
Abstoßendste zu verzerren, ja ihrer Guck=
kastenschau um der strotzenden Vollständig=
keit willen manche voreingenommene Auf=
nahme einzureihen, dem Vorwurf das vor=
teilhafteste Ergebnis, das überlebensgroße
Bild einer unausweichlichen Entwicklung ins
Maßlose zu schenken, ich frage, ob eine solche
Satire das unverbrüchliche Recht für sich in
Anspruch nehmen darf, dem Krieg, diesem
Krieg sein endgültiges Konterfei vorgehalten,
der Menschheit ihre letzten Tage mit unaus=
tilgbaren Zeichen ins ewige Gedächtnis
gegraben zu haben. Ich habe ungeschminkte
Darstellungen des Krieges gelesen, zumal
ausländische. Ich habe immer wieder den

Unmut der Entrüstung, die Scham über Un-
sal und Unfug, Eigensucht und Lüge auf-
richtig, ungescheut zu Wort und Anklage
kommen hören. Ich habe nichts auch nur im
entferntesten diesen „letzten Tagen" Ähn-
liches gelesen. Möglich, daß nur wir, wir und
„unsere Leute", den Ausbund der Verworfen-
heit, den Aussatz des Entsetzlichen abzugeben verdammt waren. Aber ich meine, daß,
wenn die Äußerung eines an solcher „Menschheit" verzweifelnden Gefühles auch die letzte
Spur des Mitleids in Fluch aufgehen lassen
muß, wenn es ihr nicht vergönnt ist, am
faulenden Kadaver den leuchtenden Schmelz
der unversehrten Zähne zu entblößen, dieses
vor Grausen sich in vergifteten Worten er-
brechende Gefühl an der schonungslos ent-
blößten Schande doch die unheilbar mit-
verletzte Scham und sei's durch ein zwischen den Zeilen vernehmliches Schweigen
zu ehren bewegt sein sollte.
Das Titelbild des fürchterlichen Buches —
das trotz glänzenden Stücken aus noch dar-
zulegenden Gründen den vollendeten Lei-
stungen des Künstlers mit nichten zugezählt
werden kann —, zeigt den alten Kaiser zwischen zwei ihn geleitenden Vorstandsmitglie-
dern beim Besuch einer Ausstellung. Unmittelbar hinter der ehrwürdigen und in ihrer geschmeidigen Hinfälligkeit anmutigen Gestalt

dieses auch an Pflichtbewußtsein vollendeten Edelmannes schreitet eine in ihrer steifen Feierlichkeit nur um so gemeiner wirkende massige Figur. Darunter steht: „Die Presse". Das ist ein Symbol, die Deutung des Werkes: die Presse in ihrer abscheulichen Erschei= nung als der Satellit des Monarchen. Meldet sich nicht aber auch, tief heraufsteigend aus dem Innersten des Herzens, eine andere Stimme? Mich widert genau so wie den „Her= ausgeber der Fackel" der Vertreter der Journalistik, der seinen Platz an der Sonne, eine andere, eine unabsetzbare Macht über Untertanen, sicheren Schrittes behauptet. Aber mich rührt vor allem der Kaiser. „Mein Kaiser, mein Kaiser gefangen!" Und mich ergreift unwiderstehlich die Empfindung, daß es, rein moralisch gesprochen — und der Satiriker ist doch ein Moralist, ein Sitten= richter — verdienstlicher sein möchte um die in Not und Schmach verirrte Menschheit, ihre Toten mit den Überlebenden ihrer letz= ten Tage zu versöhnen, statt jene an diesen auf das ingrimmigste zu rächen.

Ich habe gestern in Grinzing, wo Karl Kraus wohl nicht begraben sein möchte, wäh= rend es mein inniger Wunsch ist, einer klei= nen „Heldenfeier" an der Pfarrkirche beige= wohnt. Unbehilflichen Worten eines beweg= ten Redners folgte, von einem der den Sa=

tiriker herausfordernden Männergesangver‹
eine schlicht gesungen, das Lied vom „guten
Kameraden". Ich segnete Uhland, ich segnete
Silcher, ich segnete die Sänger und ihren ehr‹
lichen Vorsprecher, segnete die unbekannten
Toten „im fernen Land". „Hochverehrte
Helden" hatte sie der Wackere angesprochen.
Auch das war — „als wär's ein Stück von
mir" — ein Rest aus den „letzten Tagen der
Menschheit" . . .

Karl Kraus — und das sei zu seiner höch‹
sten Ehre gesagt — ist ein Einseitiger. Ich
gesteh ihm: ich bin's nicht. Ich rechte nicht
mit noch so weitgehenden Gedankengängen;
sie befremden mich nicht, da ich sie gleich
Pascal, den viele darum zu Unrecht für einen
Skeptiker halten, ohne Scheu und Gefahr
nachdenken kann; im richtigen Augenblick
weiß ich — nicht abzuschwenken, sondern
um eine Windung höher in der Spirale hin‹
aufzulenken und befinde mich unversehens,
ohne den Weg verlassen zu haben, auf der
anderen Seite. Ich bin nicht einseitig, ja
ich erschrecke oft vor dieser Endlosigkeit der
Gedankenspirale, die mich im Hin und Her
weiter und immer weiter emporführt. Was
mich im Gleichgewicht erhält, ist mein Ge‹
fühl. Die Vernunft tut gut daran, von Zeit
zu Zeit bei ihm in aller Stille anzufragen.
Nicht, wie's um sie steht. Darum kümmert

sich das Gefühl nicht, obwohl es, wiederum in aller Stille, Entscheidendes mitzusprechen hat. Aber nur von sich aus und immer in seiner Sprache.

Ich weiß nicht, ob Kraus oft sein Gefühl befragt und was es ihm zu sagen pflegt. Was ich weiß, ist, daß ihn seine wohlgeratene Vernunft, der ich meist unumwunden zustimme, nicht in einer Spirale emporführt. Ich habe seine Weltanschauung einen Grenzfall genannt. Der Weg, den sie einhält, ist in seiner Grundrichtung abgebogen. Aber seither geht er geradeaus. Und wär's in der Diagonale (ohne damit im Geringsten einen „Mittelweg" andeuten zu wollen). Darin erblick ich, was ich seine Einseitigkeit nenne. Er kommt nicht wie ich immer wieder in der Ausweichung über die Gegensätze weiter. Er ist nicht einer von uns andern, die im Ausschwingen nach den beiden Seiten — mit dem Gefühl als Schwerpunkt, versteht sich — erst ihr Maß erreichen. Er ist ein Rechthaber. Ich stehe nicht darum an. Wohl aber sehne ich mich nach Rechtgläubigkeit. Und bis dahin — man kann sie nicht erzwingen — muß mein Gefühl herhalten. Das heißt, es muß mich im Gleichgewicht erhalten, nicht im Recht, sondern im Rechten, Richtigen, der Richtung.

Muß der Satiriker einseitig sein? Es scheint

so. Denn Satire ist Angriff, Tat, Tätlichkeit, Tat aber ist einseitig. Wer beide Seiten be=denkt, bleibt untätig. Es ist das Schicksal Hamlets, die tragische Ironie seines zwei=seitigen Denkens.

Der Angriff ist eine gewaltsame Tat. Er tut seinem Gegenstande Gewalt an. Und in dieser Gewalttätigkeit ist Übertreibung. Die Satire ist ihrem Wesen nach Übertreibung. Sie unterstreicht, verstärkt, verschärft Züge. Unter Umständen, indem sie sie vermindert, herabsetzt. Ihre Absicht ist, den Gegner zu schwächen, womöglich zu beseitigen. Wenn sie es nicht boshaft vorzieht, ihn in einem kläglichen Zustand am Leben zu fristen. Ihr Lieblingsmittel ist das schleichende Gift der Lächerlichkeit, das sie, statt als Hohn gerade=zu zu schneiden, in der behaglicheren Form des Witzes versetzt. Witz ist eine geistige Bewegung der Laune, des Humors im enge=ren Sinne. Denn die ursprüngliche Bedeutung von Humor ist Feuchtigkeit, Lebenssaft als die nährende Quelle des Gemütes. Laune ist gemütsgefärbte Betrachtungsweise, ins=besondere die als humoristische bezeichnete, die die Welt von ihrer heiteren Seite nimmt. Aber die Heiterkeit, die den Witz erzeugt, ist nicht mehr ungetrübt. Eine andere Quelle des Gemütes, ein anderer Humor hat sich eingeschlichen, und die Beimischung tut der

Gemütlichkeit Abbruch. Ein bitterer Geschmack läßt auf einen Beisatz von Salz oder Galle schließen. Witz ist nachgerade weit abgelangt vom Humor, dem er entstammt; er verleugnet seinen Ursprung. Das ist nicht Heiterkeit mehr, was, sei 's schneidend oder als Gift, ans Leben will.

Wer als Satiriker auftritt, tritt als Einseitiger auf. Aber damit ist nicht gesagt, daß er, außer auf dieser Seite, in dieser Tätigkeit und von dieser Seite aus gesehen, ein Einseitiger sei. Die großen Satiriker der Weltliteratur scheiden sich deutlich in zwei Gruppen: die einseitigen, die eigentlichen, und die anderen, die uns die Humoristen heißen mögen, obwohl, wohlgemerkt, auch jene, die insbesondere witzigen, aus der weitverzweigten Familie stammen. Die „Humoristen" sind die Dichter: Aristophanes und Horaz, Cervantes und Rabelais, Molière und Holberg, Pope und Regnier, Gogol und Thackeray, Busch und Morgenstern (der dichterischeste, Jean Paul, bleibt abseits. Seine satirische ist nicht die Hauptschlagader). Die „eigentlichen" kennzeichnet, in mehr oder minder stärkerer Mischung mit Dichtertum, der „moralistische" Hang. Je weniger Dichter sie sind, desto stärker tritt dieser Denkerzug hervor. Zu ihnen zählen Persius und Juvenal (im „Nebenfach" auch Catull), Murner und

Fischart, Swift und Defoe, Montesquieu, Vol=
taire und Beaumarchais, Diderot und Cou=
rier, Rabener und Lichtenberg, „Junius",
Nestroy, Béranger, France, Bloy und Léon
Daudet, Haecker und Kraus. (Die „Morali=
sten" im engeren Sinn, Pascal und La Roche=
foucauld, La Bruyère und Vauvenargues, Ri=
varol und Chamfort, Chesterton und Gide,
trotz der vorwiegenden Bitterkeit ihrer Be=
trachtung, sind nicht den Satirikern anzu=
reihen, da ihrer noch so zugespitzten Aus=
drucksweise die Absicht mangelt anzu=
greifen.)

Die Einseitigkeit des Satirikers bestimmt
die Einseitigkeit seines Stoffes. Er sieht, will
nur sehen, was ihm taugt: die eine Seite. Dar=
in bekundet sich Ehrfurchtslosigkeit vor dem
zweiseitigen Verhalten, dem Leben der Men=
schen und der Dinge. Ehrfurcht ist die Emp=
findung von Größe, des Überwältigenden.
Was ist Größe am Leben? Seine Unbegreif=
lichkeit. Aber das Leben ist nicht nur un=
begreiflich, sondern auch gewöhnlich. Das
ist das Kleine an ihm. Dieses Kleine, das
Gemeine ist die Seite, die dem Satiriker
taugt. Ehrfurcht, ein „edles und ursprüng=
liches Gefühl" (Goethe), würde seine Tätig=
keit, seine Tätlichkeit lähmen. Von hier aus
fällt Licht auf unsere Einteilung. Eine Grup=
pe hebt sich ab: die Grausamen. (Ich zögere

42

vor der Verantwortlichkeit, dafür „die Lieb=
losen" einzusetzen.) Eine kleine Gruppe:
Swift, Voltaire, Courier, France und Kraus.
Es sind merkwürdiger=, nicht zufälligerweise
Ironiker darunter: Ironie ist nicht menschen=
freundlich. Wenn Karl Kraus, der „Nichtge=
nannte", aber Verschriene, sich oft gegen
den nicht nur von Mißgünstigen gegen ihn
erhobenen Vorwurf der Eitelkeit zu wehren
hat, der auf die auch in der Selbstentblößung
sich Genüge leistende Selbstbehauptung zielt,
aber sie nur an der Ferse trifft, sobald sie
ihm betroffen ausweicht, mag das daran
liegen, daß er seine Ehrfurcht auf die Kunst
beschränkt (um sie dort, manchmal aus dem
Widerspruche der Selbstbestätigung, auf das
Herausfordernste, nicht zuletzt, unter uns
wenigen gesagt, Ehrerbietung Herausfordern=
de bis zur Verherrlichung zu steigern). Die
Kunst ist ein verschlossenes Gebiet, eine
Gralsburg, die Berufene hüten. Was an ihr
auf die andern wirkt, ist die Tatsache ihrer
unbemerkten Allgegenwart. Ehrfurcht in der
Kunst geht leer aus an Ehrfurcht. Kunst=
erkenntnis des Künstlers wirft keinen Schat=
ten. Nur Ehrfurcht vor menschlichen Dingen
— um von der Ehrfurcht „vor dem, was über
uns ist," zu schweigen, die zwar nicht un=
fruchtbar wie die Künstlerehrfurcht vor der
Kunst, aber um so verschwiegener ist —, nur

Ehrfurcht vor menschlichen Dingen verleiht den Adel, der, wie er unzuständigen Anstand in sein Gefolge zieht, selbst zuständige Miß= gunst verstummen macht. Kraus wird immer wieder Armseligen wie Zurückhaltenden als eitel gelten, weil sie seinen Anspruch auf den unsichtbaren Kronreif entweder gar nicht in Betracht zu ziehen imstande sind — was ist den Banausen aller Breitengrade unserer Unkultur Hekuba! — oder ihr Mißbehagen an der Selbsteinschätzung ihnen den ge= rechten Beifall verleidet, seinem Zeugnis aber von sich selbst, das einzig auf die Kunst Bezug hat, im „Leben" die Bestätigung ab= geht. Damit sind wir am Kern unseres Gegenstandes. Der Stoff, den Kraus behan= delt — wir werden sehen, daß er ihn, seinen Vorwand, der Aufgabe gemäß, die ihm Be= rufung ist, in Sprache als sein Ziel verwan= delt —, der Stoff des Satirikers Kraus — die „Sprachlehre", die er daneben betreibt, ist Gärtnerinbrunst vor Wiederkäuern —, der Anlaß seines satirischen Künstlertums ist, im Angesichte des jüngsten, der tägliche Tag, wie ihn die Zeitung von sich gibt. Ohne diesen Stoff gleich Swift oder Voltaire nach Nirgend= land zu verlegen, läßt er ihn sich aussprechen, verleiht ihm vielmehr, indem er ihn mit schöp= ferischer Verachtung anrührt, die Fähigkeit, sich als der Auswurf auszudrücken, in den

die Presse die ihr dienliche Nahrung ver=
wandelt. Auch wo er ihn an sich nimmt und
etwas daraus macht, wie das Geschmeiß sich
ausdrückt, das ihm unwillentlich zu Diensten
steht, ihm unaufhörlich den Tageskot in der
Ungestalt von Sprachdreck herbeischleppt,
auch wo er, innerhalb des architektonischen
Kunstwerks einer Nummer der „Fackel", aus
dem Mist der Ereignisse und dem Dunst der
Persönlichkeiten die Denkmale seiner Gedan=
kensprache errichtet, verwendet er, was ihm
die Erbärmlichkeit liefert: den Abhub des
Unsäglichen als Berichterstattung. Die (schein=
bare) Entsagung, die in dieser einzigartigen
Leistung liegt, eine Entsagung, die hassens=
selige Hingebung an das Abstoßende und
triumphierende Erfüllung selbstbewußter
Übermacht bedeutet, muß — ich sehe von
denen ab, die, wenn sie auch nicht wissen,
worum es sich handelt, doch spüren, worum
es geht — der Masse der Leser des Viel=
gelesenen, der Masse der Hörer des gerne
Vernehmlichen nur in einem dumpfen Ge=
misch von Unbehagen und Geschmeicheltheit
zu Gemüte steigen. Weder das Moralische
noch das Ästhetische daran „greift" ihre
Aufnahmsfähigkeit. Sie halten sich an das
Stoffliche, das ihre Schamlosigkeit belustigt,
fangen, auf Ärgernis gefaßt, gierig den grö=
bern Wortwitz auf, namentlich wenn er in

den ihnen geläufigen Jargon schlägt, nehmen
etwa noch den befriedigenden Erfolg einer
Niederlage des allgemeinen Nächsten auf
den Rückweg in die Zeitung mit; das alles
aber hinterläßt ihnen nichts weniger als den
Eindruck, der das Wesen dieser Schöpfung
aus dem Nichts ist, den der dauernden Ver=
nichtung. Wie die Behörde, ja ein Teil der
doch gebildeteren und begabteren Pariser
der zwanziger Jahre des neunzehnten Jahr=
hunderts die einzelne „Eingabe", die einzelne
Flugschrift Paul=Louis Couriers als aufreizen=
den und ärgerlichen, aber in solcher Reizend=
heit den schadenfrohen Sinn belustigenden
Inhalt hin= und aufnahmen, ohne zu ahnen,
was einigen wenigen von allem Anfang an
klar gewesen war, daß hier einer der ganz
großen Stilkünstler am unsterblichen Zer=
störungswerke sei. Es liegt nicht so sehr am
Satiriker — den eine ihr Haus= und Staats=
recht roh gebrauchende Zeit wohl unter=
weilen wie Daniel Defoe an den Schandpfahl
fesselte und zur Warnung verstümmelte —,
es liegt an seinem Stoff, daß ihm die Hoch=
achtung selbst der Scheu versagt bleibt, die
bei Nacht unwillkürlich dem Schutzmann
ausweicht. Man fühlt sich von dem „Vor=
wurf" um so weniger getroffen, als die Wucht,
die Schlagkraft des Wortes, das sich seiner
bemächtigt hat, schon im Aufschwung das

46

Gewicht des Stoffes überwunden hatte. (Die Bedenken, deren ich erwähnt habe, sind gefühlsmäßig, aber, weil anderer Ordnung, nicht etwa der Gegensatz dieser Gefühllosigkeit. Und eben sie, nicht diese, die sich einer unbemerkten Kunst nur nicht entziehen kann, wissen genießend zu würdigen, was ihnen unbehaglich bleibt.) Martial und Juvenal, ja Catull selbst müssen hinter Ovid und Tibull zurückstehen, und hätte Horaz nur seine Satiren und Episteln geschrieben, die ein jahrhundertealter Weltruf zu den Kostbarkeiten gestempelt hat, die sie sind, würde er kaum als Horaz dastehen. Gulliver aber ist — ungeheuerlichste Ironie für einen, der Swift unter den Zwergen erlebt hat — ein Kinderbuch.

Dem also undankbaren Stoff geht der Satiriker, als rächte er sich im voraus für die Verkennung, die er ihm einträgt, buchstäblich an den Leib. Er setzt ihm zu, bis er, der ungefüge, in Gestalt aufgeht, in Sprachgestalt. Der Satiriker, der als Angreifer darauf aus ist, sich auf das Ausdrücklichste vernehmlich zu machen, verwendet auf den Ausdruck seine inständige Aufmerksamkeit. Er ist unbedingtermaßen Künstler. Es besteht ein merkwürdiger Unterschied zwischen dem Künstler, der als Erzähler oder Dramatiker sich der Sprache bedient, um auf die gesetzmäßige Weise seiner Kunst, der Kunst der Erzählung und der Kunst des Dramas, Leben auszudrücken, sein ausdrucksames Abbild aus Worten zu erschaffen, und dem Satiriker, dem Lyriker und dem Essayisten, die ein Erlebnis — der Lyriker die Vorstellung seiner an einem Eindruck sich meldenden Empfindung —, auch wenn es unwillkürlich geschieht, um des Ausdrucks willen behan=deln. Wenn Flaubert — ein, als besonders schwerfälliges, deutliches Beispiel — das taugliche Wort sucht, das dem vorgestellten Lebendigen zum eindrucksfähigen Leben verhelfe, hat er die künstlerische Absicht, genau wiederzugeben, was ihm als Erschei=nung vorschwebt, er tritt als Schöpfer (dem leider die „Literatur" die sonst so glück=lich behende Zunge lähmt) in seinen Schat=ten zurück, um sein Geschöpf ans Licht zu bringen, ins Licht des Wortes zu setzen. Der Lyriker, der Essayist, der Satiriker wol=len im Wort nicht vergegenwärtigen, ver=wirklichen, was ihnen erschienen ist, sondern wie sie an ihrem Stoff, dort dem Eindruck — auch in der sogenannten unmittelbaren Empfindung ist der Eindruck, das sich auf=nötigende Innere, das Zeugende —, hier der Auffassung, der Erkenntnis, zu sich gelangt sind, was an ihrem Erlebnis aus ihnen ge=worden ist. Sie bringen ihr vom Stoff er=

regtes Bewußtsein geradewegs zum Ausdruck, während der Erzähler, der Dramatiker das Gesicht durch ihr Bewußtsein hindurch ins Wort überführen. Jenen verwandelt sich der Stoff schon beim Anblick (in mehr oder weniger bewußter Weise) in das daraus zu Erschaffende, diese müssen ihr unsichtbares Gesicht erst durch einen ihm passenden Sprachleib versinnlichen.

Der Blick des Schriftstellers ist je nach der Verfassung seines Geistes entweder vorstellungshaft oder gedankenhaft und je nach seiner Gemütsanlage warm oder kühl. Kraus ist ein denkender und, auch im Ausdruck seiner Wut, ein kühler Künstler: seine Leidenschaftlichkeit reinigt sich im kalten Feuer leuchtender Gedanklichkeit. Er steht wie dem Leben überhaupt so auch der Sprache als sich erlebender, quellender Bewußtheit beobachtend gegenüber. Nicht wie den vorstellungshaften, den dichterischen Sprachschöpfern, den Claudius, Hebel, Jean Paul, Gérard de Nerval, erwächst ihm, gleichsam unbedacht, das treffende, das treffliche Wort, sondern in aufmerksamem Gebaren, in besinnlichem Umgang, vertraulichem Spiel gewinnt und erfaßt er es, das sich ihm fügt. (Deshalb ist es stets „neu", nicht, wie beim Geläufigen, dem „Routinier", hergebracht, verbraucht oder, wie beim Literaten, hergeholt und, weil gesucht, teils verfehlt, teils ungefähr.) Vom Denken erregt, das sich zwar in Worten vollzieht, aber nicht aus Worten entsteht und besteht, verlangt er von der Sprache, daß sie es ihm vernehmlich mache, ja am Wort, im Wort ergibt sich ihm das zu Sagende. Der Gedanke verlangt nach dem ausdrucksamen Wort, erwirbt das Wort, sich in ihm zu besitzen. Die Sprache verhilft ihm in den von ihr auf sein Geheiß vorweggenommenen Gedankengang. Nicht daß sie ihn wie den haltlos schwankenden Nichtsalsnurschreiber, den unnützen Wortemacher unserer „höheren" Halbbildung verführte: die Richtung, die sie streng einhält, ist die seines Gedankens, dessen Ziel sie, nicht traumwandelnd wie beim naturhaften Dichter, sondern wach wie die Sprache der Wissenschaft, erreicht. Der Gedanke, der sie verfolgt, läßt sich in ihr nicht aus den Augen, überwacht die von ihm erweckte in jeder ihrer Bewegungen, in denen er sich bestätigt. Die Sache, die Kraus führt — denn sein Bekennertum ist geistige Sachwaltung —, geht in ihren Gedanken-Ausdruck ein, so wie der Lyriker die Vorstellung seiner Empfindung im Vers — Rhythmus und Klang — zur lyrischen Gestalt erhebt. Es kann nicht genug betont werden — wer Ohren hat, höre —, was für ein reinliches Vergnügen diese ihrem notwendigen Ge-

danken am vorausgesehenen Punkt begeg=
nende, diese gerechte Sprache inmitten einer
schriftstellerischen Unzucht, die ihresgleichen
nicht hat, dem Sprachempfindenden selbst
dann gewährt, wenn sie sich in ihrem Ge=
dankenaufstieg zu verklettern scheint.

Es ist hier am Platze, auf die Entwicklung
einer als Sprachergriffenheit wirksamen
Sprachnahme und Sprachbemeisterung hin=
zuweisen, die in ihrer abgekühlten Leiden=
schaftlichkeit nur bei seltener, fast befrem=
dender Steigerung ins Rednerische übergeht,
wie es dagegen den gleichfalls gedanken=
haften, aber von tief heraufkommenden
heißen Gefühlsströmungen getragenen Seher
und Sprecher Theodor Haecker bezeichnet.

Wenn man ein Frühwerk wie „Die demo=
lierte Literatur" (1897) etwa mit „Heine und
die Folgen" (1910) und weiter mit „Nestroy
und die Nachwelt" (1912) vergleicht, ist es un=
verkennbar, wie ein Stil, das ist eine in ihrer
Einheitlichkeit persönliche Sprachfügung,
unter nicht näher bekannten andern Um=
ständen in verschiedenen Schichten sich dar=
stellt. Von einem nach gutem Herkommen
unauffälliger Verständlichkeit flüssig weiter=
geschriebenen Aufsatz, dem aber schon ein
seiner verblüffenden Leistungsfähigkeit ver=
sicherter Wortwitz aufbegehrend die ein=
tönige Grundlage bestreitet, geht es über

eine in selbstgerechtem aphoristischen Stück-
werk stoßweis abgesetzte Eindringlichkeit,
die sich, ihren Gegenstand, die sprachlose
Geschwätzigkeit, die schleimige Unform
jüdischer Zeitungsschreiber im angeekelten
Blick, durch feste Pausen betont und die immer wieder streng angerufene Aufmerksamkeit ermüdet, zu einer im Abgezogenen ver-
harrenden, aber durch eingedämmten Fort-
lauf vereinheitlichten Rede, die zwar nach
wie vor das Einzelne behutsam auf seine
Umgebung auswiegt, aber, vom Gesetz des
federnden Ganzen gelenkt, selig in sich selbst
ausschwingt. Es ist ein Zustand des Gleich-
gewichtes erreicht, der mit bewunderungs-
werter Sicherheit auch in Schwankungen
überzeugend anhält und, wie sein Inhalt aus
allzu einläßlicher Prozeßführung immer wieder in die überlegene Bestreitung des Unüberwindlichen zurückfindet, der beherrsch-
ten Sprache in der am unbeträchtlichen Anlaß unerschöpflichen Betrachtung die „Hohe
Schule" der geschmeidigen Selbstdarstellung
gewährleistet. Muster um Muster solcher
Glanzleistungen wären anzuführen; es genüge, an die in ihrer grausam mit der gefangenen, in der eigenen Schlinge gefangenen
Dummschlauheit spielenden Ironie unüber-
treffliche Erledigung des Herrn Willy Haas
zu erinnern.

Kraus hat als literarischer Kritiker begon=
nen. Von der Mittelschule wird er — ich
schließe aus den verwandten Grundlagen
der eigenen Bildung — eine gute „deutsche"
Richtung, die nicht in die Irre führende des
gediegenen alten Lesebuches mitbekommen
haben. Im Obergymnasium — wenigstens
war es so im Brünn der achtziger Jahre —
wurde unter tüchtiger Leitung viel Lessing
gelesen. Ich habe den grundklaren Verfasser
der „Literaturbriefe", der „Hamburgischen
Dramaturgie", des „Laokoon", den ersten
„Lateiner" unter unsern Klassikern, damals
auf immer erworben. Ich denke, daß der
männlichste unserer großen Führer auch Kraus
die einem durch Ordnung zur Klarheit stre=
benden Denken bereitwillige Wahrhaftigkeit
der deutschen Sprache erwiesen hat. Wie
Goethe den Empfänglichen ihre blühende
Schmiegsamkeit erleben macht. Ich schließe
des weitern aus der eigenen gesunden Gei=
stesjugend, die uns ungesucht einander hat
finden lassen, daß Kraus nicht gleich einem
Hofmannsthal im Treibhausdunst verfrüh=
ter Überbildung aufwuchs, sondern, begabt,
aber nicht altklug, „aufgeweckt", aber nicht
überreizt, aufmerksam, aber nicht neugierig,
gelehrig, aber kein Wunderkind, ein richtig=
gehender Verstand, ohne Abenteuer des
Geistes zu selbständiger Wahl des Taug=

lichen fortschritt, prüfend, nicht naschend seinen Geschmack erzog, sein Urteil schärfte. Er hat, trotz Hebbel, Ibsen und Hauptmann, dem ewig nahrhaften Bestand unseres Schrifttums die Treue bewahrt, wie er trotz Nietzsche die Tafel der Werte geborgen hat. Sein Werk ist nicht auf dem Flugsand der „Moderne" gebaut, sondern auf dem Felsen der Überlieferung. Wir in unseren Hochschuljahren waren noch des Glückes teilhaftig, das alte Burgtheater im „neuen Hause" besuchen zu dürfen: unvergängliche Erinnerungen an große Sprach= und Sprech= kunst, vollgiltige Darstellung hat der eifrige Stammgast der vierten Galerie davongetra= gen. Und es wird kaum ein Fehlschluß sein, daß sich vom Burgtheater der Baumeister und Sonnenthal, der Lewinski und Gabillon, der Hartmann und Mitterwurzer die ver= tiefte Beschäftigung mit Shakespeare her= schreibt, die für die Bildung, die Sprach= bildung des in sicherer Einseitigkeit am Be= währten Festhaltenden von nicht hoch genug zu veranschlagender Bedeutung ge= worden ist. Shakespeare deutsch, Shake= speare, wie ihn die Schlegel=Tiecksche Über= setzung, trotz ungleichmäßigen Mitarbeitern eine Stileinheit, vor einem Jahrhundert den Deutschen und damit der Weltliteratur ver= macht hat. Dieses Schlegelsche Shakespeare=

Deutsch, das hochgezüchtete Deutsch hell=
höriger Anpassung an einen bis in seine Aus=
läufer und Auswüchse aus tiefsitzenden
Wurzeln strömenden unvergleichlichen Klang,
ein mit edelm Anstand dargebotenes Deutsch
nachfühlender, vor allem aber verständiger
Übersetzung, ist bei Kraus unausscheidbarer
Bestandteil nicht nur des äußern Baus natur=
ferner Verse, in denen eine angespannte
Sprache von ihrer eigentlichen Aufgabe —
fast möchte man das Widersprechende sagen:
im Denken ausruht. Die „Worte in Versen",
eine ständige Übung in der Meisterlichkeit,
sind ein blanker Spiegel, der die scharfen
Züge eines ausgearbeiteten Denkerkopfes
widergibt. Aber so viel aus ihrer Besinn=
lichkeit an Aufschlüssen über Schichten und
Bildungen, Tiefen und Untiefen einer in sich
selbst mit verzehrender Aufmerksamkeit auf
und ab, hin und her leuchtenden Intelligenz
zu schöpfen ist, so würdig sie ihrer Aufgabe
genügen, literarischer Knochenzerweichung
den ebenmäßigen Gliederbau eines durchge=
formten und geschulten Sprachkörpers ent=
gegenzustellen: diese Sprachverse, die, wenn
sie nicht wie der nachgelassene Monolog eines
Shakespeare=Doppelgängers sich gehaben, als
Paralipomena zu Faust II. Teil aufzutreten
scheinen, sind nicht zur überzeugenden Vers=
sprache verwirklicht, denn es ist ihrer Kunst=

mäßigkeit der nachquellende und anschwel=
lende Ton versagt, der Verse, noch so ge=
dankenhafte, anders als durch die Form=
gebung allein von den ungebundenen, viel=
mehr den nicht durch Klangmaß gebundenen
Worten in Prosa abhebt. Verse, so sehr
Kraus auch sie seiner unüberhörbaren Sprech=
weise unterwirft — man denke an die merk=
würdige Sprachverwandlung, die er in „Wol=
kenkuckucksheim" an der übernommenen
doppelten Vorfassung vollzogen hat —, Verse
sind nicht das gesetzliche Mittel, das seinem
nicht im Unbewußten wurzelnden Sprach=
ingenium zugedacht war, sind ihm so wenig
ursprünglich gegeben wie August Wilhelm
Schlegel, der sie gleich ihm und als sein ge=
gebenes Vorbild meistert. (Man wird, wenn
man sich Rechenschaft ablegt über das künst=
lerische Erlebnis Schlegelscher Shakespeare=
Verse ein grundklar über dichterischer Tiefe
fließendes Verstehen gewahr, wird darin das
nicht so sehr Tönende wie Verlautende er=
kennen, das den Kenner und Könner vom
ergriffen=ergreifenden Musikanten unter=
scheidet. Das trüb und dumpf rauschende
Strömen der ihr Bett aufwühlenden und mit
sich reißenden Wortfluten des Bürgerschen
Macbeth verkündet den seinen Melodien ein=
gebornen Dichter.)

Es ist hiezu die nicht unwichtige Anmer=

kung beizutragen, daß Kraus eine auffallende Vorliebe für die blutleere Sprache des klassizistischen Goethe bekundet: schon die „Pandora", die er so gerne vorträgt, entbehrt der lyrischen Klangfülle, die noch der „Euphrosyne" entströmt; gar der zweite Teil des „Faust", so bewunderungswürdig der Geist über den Worten waltet, oder der in kaltem Verfahren und mit ersichtlicher Mühe hergestellte „Epimenides" erweisen sich in großen Strecken als Kunststücke einer sich selbst mit Kennerlust und technischer Genauigkeit beim Dichten überwachenden Liebhaber-Fertigkeit. Das Wunder des Helena-Aktes ist vom Wunder des „Fischers", dem des „Königs in Thule", des Liedes an den Mond um den Schritt geschieden, der aus den „Aeonen" des unbegreiflichen Geschehens in die Tag- und Jahreshefte des nachahmlichen Gelingens führt.

Wahlverwandtschaft mit dem befugten Spracherwerber Schlegel hat an Kraus in seinem anhaltenden Werben auch um die ihm zugedachte, die nicht im Vers, sondern im Satz an ihr inneres Gesetz gebundene Sprache eine bestimmte, die wägende, die erwogene Sprachbehandlung gefördert. Daß, wenn nicht Lessing, der an bemessener Unmittelbarkeit, kunstgerechter Natürlichkeit, durchsichtiger Sprachtiefe Unnachahmliche,

so doch der zweite große Lateiner der deut=
schen Literatur, Schopenhauer, der Inbegriff
wohlgeborner und wohlgezogener Ausdrück=
lichkeit, zu seinen Paten zählt, leidet keinen
Zweifel. (Von Schopenhauer stammt auch
der dem aus der Verbannung berufenen Re=
lativpronomen Welcher zugestandene Ehren=
platz, auf ihn mag die am spätern Kraus
mehr und mehr bemerkbare französische
Überlagerung voneinander abhängiger Re=
lativsätze zurückgehen.) Aber von erheb=
lichstem Einfluß auf die längst ihrer Mün=
digkeit und Unabhängigkeit versicherte
Sprachkraft des eben in seiner Kraft nur um
so Liebesfähigeren ist, und zwar wachsend
mit dem nicht Stillestehenden, der geradezu
vorher festgesetzte Machtkreis des einzigen
Österreichers, in dem er sich als in einem
Bruder im Geiste zu erkennen überzeugt war.

Das Rätsel Nestroy — denn wenn je, ist
hier dem Raten ein lockendes Rätsel auf=
gegeben — hat Karl Kraus als begeisterter
Seher gelöst. Der in seiner Befremdlichkeit
anheimelnde Spielmann und Possenspieler,
ein Gedankenfänger von Gottes Gnaden,
mußte, da er ihm auf seinen unablässigen,
doch nicht von der eigenen Wegrichtung
abschweifenden Streifzügen im Unsichtbaren
Königreich einmal begegnet war, seine Spä=
her= und Kundschafterfähigkeit auf das In=

ständigste reizen. Nestroy ist nicht Gestal=
ter einer ihn bedrängenden inneren Wirk=
lichkeit, die nach Verwirklichung durch das
Wort verlangt, er ist nicht Dichter wie der
mit ihm durch Zeit und Überlieferung, Schau=
platz und Schauspielerberuf verbundene,
sonst aber kaum mit ihm zu vergleichende
Raimund, der Verschwender einer ihm aus
liebendem und leidendem Herzen berauschend
erblühten Feenwelt, er ist ein edelsteinharter
Geist, aus dessen geschliffenen Flächen das
Ringelspiel der kleinen Menschenwelt fun=
kelnde Lichter überfliegen. Niemand von
denen, die zu belustigen er bestimmt und
stets gewillt schien, hat den wahren Nestroy
auf der Schaubühne zu Gesicht bekommen.
Er war ein Moralist, ein Philosoph, der sich
Gedanken, bittere und sauersüße Gedanken
machte über alles und nichts, zugleich aber
ein Geisterbeschwörer, einer der Gewalt hat
über geheime Mächte. Und es war ihm ein
boshaftes Bedürfnis, der Wirklichkeit, die
er mit den scharfen Augen E.T.A. Hoffmanns
erblickte und wie Hoffmann mit seinem iro=
nischen Blicke bannte, ohne daß sie es ahnte,
eine höhere, nicht aber gleich diesem andern
Geisterseher die des Wunders einzuver=
leiben. Was seine Gedankenkomödie, eine
moralische Anstalt auf nichts weniger als
moralischen Unterlagen, auf= und vorführt,

das sind nicht, was sie oft auf das Über=
zeugendste, weil Oberflächlichste, scheinen,
Menschen, das ist vielmehr in der komischen
Maske ihrer genauen Alltäglichkeit deren
abgezogene Geistigkeit. Selbst Erscheinungen,
die wie manche Theaterfiguren Schillers nur
eine Vorderansicht gewähren, auf den Hölz=
chen, an die sie geklebt sind, hin= und her=
geschoben werden, wie es ihr Bühnenleben,
die Handlung erfordert, sind — und das über=
hebt sie der Theaterfigürlichkeit — von dem,
der sie nicht nur erblickte, sondern durch=
schaut hat, mit der Gabe ausgestattet, sich
ihrer, freilich nach dem Bild ihres Schöp=
fers, bewußt zu werden: sie erläutern sich
selbst, sie sind alle Moralisten und Philo=
sophen, die über ihre Unerheblichkeit die tief=
sinnigsten Beobachtungen anstellen, und zwar
in einer Sprache, die den Klang ihres kör=
perlosen Jenseits vernehmen läßt. Sie spielen
die Posse ihrer Geisterwelt. Es ist das The=
ater der unromantischen Ironie, einer Ironie,
die ihrem Hang zur Grausamkeit mit Be=
hagen nachgibt. In dem „dämonischen Zug
um den Mundwinkel", den Hoffmann an
seinem Selbstbildnis hervorhebt, schwingt
hier ein Rest von Gemütlichkeit verloren
mit. In Nestroy, dem Zyniker, — Hoffmann
war weder sinnlich noch grausam — ist dem
Menschenverächter ein sinnlicher und leicht=

sinniger, ein großmütiger, ja gutmütiger
Mensch gesellt. Aber er verzehrt sich zu=
sehends in der trockenen Luft eines über
alles Menschliche sich erhebenden Witzes.
(Während die am Lächerlichen mit Wohl=
gefallen verweilende Bosheit eines echten
Humoristen, die des auch im Sprachhumor
unerreichten Meisters Busch, indem sie sich
zum Menschlichen hinab=, sich mit ihm schal=
kisch einläßt, selbst ihre Grausamkeit nicht
als Schonungslosigkeit empfinden läßt.)
Was Kraus an dem für die leergehende
Bildung als „der Wiener Aristophanes" ab=
gestempelten, aber in seiner unterhaltenden
Begabung als ein Journalist der Bühne weiter
nicht eben ernst genommenen Schriftsteller
mächtig anzog, war die alsbald in ihrer „ma=
gischen" Eigenart erkannte, von einem durch=
dringenden Geist erleuchtete Beredsamkeit,
die ihn in ihrer seltsamen Form, einer dia=
lektischen Selbsterläuterung der von dem
Puppenspieler bewegten Figuren, trotz dem
Abstand von dem tragischen Weltschöpfer
an Shakespeare gemahnte, die er aber vor
allem als die eigene Spielerleidenschaft an
der gefügigen Sprache mit der Genugtuung
begrüßte, die unausweichliche Berufung in
einem unbegriffenen Großen bestätigt zu
finden. Denn groß, größer, als verächtliches
Mißverständnis auch nur zu ahnen vermochte,

hatte dem hingerissenen Betrachter das ent=
deckte Vorbild aufgehen müssen. Nestroy
wird ihm, je eingehender er sich mit ihm
übereinstimmt, nicht nur zum überragenden
komischen Schauspieldichter, er wächst ihm
zu einem der einsamen Gipfel der Weltlite=
ratur. Da jedoch vergreift er sich aus Eigen=
sinn im Maß. Ich kann nicht anders, ich muß
es gestehen, daß mir der Doppelauftritt der
Jugend und des Alters in Raimunds „Bauer
als Millionär" den ganzen Nestroy aufwiegt,
daß ich in dessen vielfältiger Sammlung von
mehr oder weniger vertrackten Originalen
vergebens nach einem Valentin Umschau
halte, Valentin, der mir würdig scheint, im
Reich der Unsterblichen, die nie gelebt haben,
Ophelien und Cordelien sich zu gesellen. Es
ist das atmende Herz, das, Leben spendend,
die Schöpfung wiederholt, nicht der darüber
kreisende Geist. Nicht der „Tartufe", der
„Misanthrope" begründet Molières wahre,
seine menschliche Größe. Wie Grillparzer
schon um seiner Hero willen neben Goethe
treten darf. Das Theater ist, wohlbedacht,
eine entbehrliche Kunststätte. Aber das dra=
matische Gedicht dauert in jeder unter sei=
nem Flügelschlag erschauernden Seele, dank
der Liebe, die das Leben auch der Dichtung ist.

Die bühnengerechte Handlung, die der ge=
borne Schauspieler und gelernte Theater=

stückeschreiber Nestroy, trotz seiner Ein=
samkeit den Vielsamen, einem geprüften Pu=
blikum, verpflichtet, unten nicht aus den
Augen und aus den Händen ließ, während er
oben seiner unbändigen Sprachlust am
schweifenden Gedanken frönte, begegnete
einer bei Kraus immer stärker hervortreten=
den künstlerisch=technischen Neigung, die
von Bühnenhändlern um ihr Theater betro=
genen Bretter aus ihren vernachlässigten
Bestandteilen wiederherzustellen; wie Goethe
gefällt er sich, sich zu Gefallen, in der „Fort=
setzung", der Bearbeitung zerlassener oder
sonst entstellter Stücke.

Man mag über die Lust, wie er, fast
schwärmerisch eingedenk des vielleicht größ=
ten, sicherlich urwüchsigsten, liebenswürdig=
sten und volkstümlichsten der vielen großen
Schauspieler, die Österreich hervorgebracht
hat, Alexander Girardis, mehr noch aus an=
spornendem Trieb, mit dem Vorbild seiner
im Tiefsten auch von den lautesten Lob=
rednern verkannten Berufung in stetiger Be=
reitschaft sich zu messen, man mag, sag' ich,
über die betuliche Lust, mit der er an den
Nachlaß Nestroys nachspürende und auf=
frischende Mühe wendet, denken, wie man
will, man mag die emsige Kleinarbeit an
„Zeitstrophen", die die unendliche Melodie
verjährter Spöttelei zu neuen und alsbald

welkenden, der eigenen Spottsucht dienlichen Texten nutzt, als die anhaltende Laune eines ins Unzeitgemäße Verliebten gelten lassen: wie er, auf verwandten Pfaden unablässiger Zärtlichkeit, mit dem untrüglichen Geschmack für das unvergängliche Veraltete, das von innen heraus als Stil sich Erneuernde, die Wunderwelt eines andern, des spottseligen Magiers der Musik, die Operette Jacques Offenbachs, ein im Schlamm der „Nachfolge" versunkenes Paradies, in der alten Märchenpracht aufsteigen läßt, das ist eine Tat, die für die Kultur und sei es für den Traum von ihr, der unwiederbringlichen, mehr bedeutet, als alle Kulturbünde und Schulen der Weisheit, geschweige die Theaterschulen der Effekt- und Effektenhascherei sich träumen lassen.

Aber Nestroy hat über den Empfänglichen noch etwas anders vermocht, als ihn, den regierungsfähigen Erben herrenloser Herrlichkeit, zu solchen kunsthandwerklichen „Nebenleistungen" an der der Vorgänger anzuregen: er hat ihn unvermerkt mit seiner nachdenklichen Wortspielerei über das gedankenlose Lebensspiel aus dem in sich selbst ausschwingenden Monolog der durchdachten Sprache zu einer Spieluhr-Dramatik verführt, in der die Personen auf ihren mit künstlicher Beredsamkeit ausgestatteten Begriff beschränkt sind. Denn nicht wie Nestroy läßt er sie in einer ihnen von ihrem Bühnendasein vorge= schriebenen und von ihrer Bühnenwirklich= keit überzeugenden dramatischen Natürlich= keit die Handlung abspielen, in der sie nur von Zeit zu Zeit innehalten, um, wie vom Automatenschlüssel aufgezogen, das Sprüch= lein ihrer verblüffenden Selbst= und Welter= kenntnis abzuschnurren (die Wichtigkeit des Couplets für die Raisonneurrolle ihres Ver= fassers braucht nicht betont zu werden), son= dern als Opfer ihres unsinnlichen Erzeugers erweisen sie sich trotz den wirklichen Wor= ten, die ihnen in den unwahrscheinlichen Mund gelegt sind, als ihrer „Vorstellung" zu= gunsten ihrer satirischen Begriffsbildung ent= leibt: es ist das Panoptikum der Abstrak= tionen. Wie ganz anders, wie dramatisch wirkt die Selbstdarstellung derselben Opfer, wenn ihr Peiniger sie, auf frischem Wort er= tappt, in nackter Wörtlichkeit gelassen an den Pranger seiner Wiederholung stellt, ohne sie erst dem entnervenden Verfahren seiner naturalistischen Stilisierung zu unterwerfen! Und welches Leben, geistgeboren und geist= ergreifend, strömt erst aus der durch das gebietende Wort „zu sich selbst verwandel= ten", als Sprachgestalt wiederkehrenden Un= gestalt solcher dem schöpferischen Hohn verfallenen Opfer, wenn der Künstlervampir sich mit ihrem Blut erfüllt hat, um sie als ihr Vernichter zu verewigen!

So überwältigend in ihrer Eigenart an Kraus die Fähigkeit ist, sich als kritisches, als satirisches Temperament durch die Worte und die Taten der andern auzudrücken, so wenig ursprünglich ist, ungleich der Nestroys, seine den Auftritt vergegenwärtigende Darstellungsgabe. Wenn (in den „letzten Tagen") die Schalek die Kanone abschießt und die sie umstehenden Offiziere „Bums!" rufen, ist das nicht dramatischer Vorgang, sondern „szenische" Anekdote. Während er — abgesehen vom Sonderfall seiner unmittelbaren Satire — als Prosaist — die Bezeichnung ist unscharf, denn die Prosa umfaßt nicht nur das Gebiet der Erzählung und des Romans, sondern es gibt auch Dramen in Prosa, anderseits „lyrische" Prosa —, während er als abhandelnder und urteilender sowie als „komischer", vielmehr witziger Schriftsteller im Satze wie im Absatze, der geschlossenen Satzgruppe, seinen Gegenstand vollständig in die entgegenkommende und empfangende, die schöpferisch vorweggenommene Form führt, füllt er wie in der Versdichtung „Worte" in vorgeschriebene Verse so in der dramatischen den Gehalt von Gestalten, ja das Zeug zu Gestalten in einen vorgezeichneten Umfang. Er setzt fort. Auch Shake-

speare und Nestroy haben „fortgesetzt". Als
Schöpfer Stoffe, die sie nach dem Bild ihres
Geistes formten. Kraus, der Denker, setzt
erkannte Formen fort, die er mit seinem,
dem bereits in Sprache umgesetzten Stoff
ausgießt. (Man braucht dagegen nur an die
dramatischen Dichter Grillparzer und Wag=
ner zu denken, die, der eine in gewöhnlichen
Worten und wackligen Vershülsen, der an=
dere in bühnenfremder geschraubter Sprech=
weise theatralische Wirkung und dichterische
Wirklichkeit „spielend" erreichten!) Die
Wirsamkeit dieser in ihren Bestandteilen
dem Leben auf das Sprechendste abgelausch=
ten Füllung erhält sich, gemindert um den
abgezogenen Charakter ihrer dramatischen
Fassung, im Gegensatze zu Nestroys natür=
licher Unwirklichkeit als unnatürliche Wirk=
lichkeit, während die in Verse gesetzten
Gedanken, vergleicht man sie mit den zu
Aphorismen ausgeprägten — Einfällen, die
sich selten den Ausfall versagen —, an die
äußerliche Versform nur zu oft ihre innere
Gestalt verlieren. Immer aber, wie in der
geraden Bewegung auf ihr Ziel so auch in
ihren Um=, Seiten= und Abwegen, bleibt die
Sprache als das große, das entscheidende
Erlebnis des Schriftstellers für seinen an das
erhebende Schauspiel eines seiner Bestim=
mung bewußten Willens gebannten Betrach=

ter Kern und Sinn zugleich seiner vermitteln=
den Darstellung.

Von der Sprache als dem aufbauenden
Safte, dem „Humor" der Unterweisung, war
der Sprachbeflissene ausgegangen; sie, die
nicht nur Verständnis vermittelt, sondern
in Zeichen und Laut den Gedanken, die
Empfindung erst zu wirkendem Leben beruft,
hatte er als das Wunder der Selbstbestäti=
gung, gläubig an ihre Allmacht, verehren
lernen: sich ihrer, der spröden, aber nicht
unnahbaren, zu bemächtigen, war einer in
ihrer gespannten Klarheit mitteilsamen Den=
kersammlung zur drängenden Aufgabe ge=
worden, hatte sich ihr um so mehr und
geradezu als Pflicht sich aufgenötigt, als der
Kritiker einer zudringlichen Literatur von
Eindringlingen mit eifersüchtigem Scharf=
blick bald erkannt hatte, daß sich unfähige
Wüstlinge der Wehrlosen erdreisteten. In
unablässiger Bemühung, nicht sie zu über=
raschen, sondern die der innigsten Hinge=
bung fähige, aber durch die Gemeinheit ihrer
Benützer um die strömende Kraft erwiderter
Neigung betrogene, durch Unzucht verwü=
stete, nicht an ihrer Unschuld versehrte zur
Entgegnung zu vermögen, gelang es dem Lie=
benden, zu gewinnen, was er sich um der
Beharrlichkeit und der Ernsthaftigkeit seiner
Werbung willen unter Unwürdigen vorbe=

68

halten mußte, aber nur mit dem Einsatze seiner ganzen Person zu behaupten imstande war: die dauernde Gemeinschaft mit einer stets aufs neue zu erobernden Gefährtin. Karl Kraus ist eines der seltenen Beispiele eines auserwählten, eines Meisters der Sprache, der sie nicht als ihm eingeboren besessen hatte, eh er sie erwarb.

Kraus, der Natur nicht in ihrem gedanken= los=unbegreiflichen, sinnvoll beglückenden Dasein, selig hingenommen im umfangen= den Anschauen, sondern nur im Widerschein dichterischer Wortbildung zu genießen fähig und bedürftig ist, Kraus, der in der gläser= nen Gefangenschaft seines auch gegen ihn unbarmherzigen Geistes, wie er selbst be= richtet, den Tag zur Nacht, die Nacht zum inneren Tag macht, Kraus, der unaufhörliche Darsteller, der genialische Schauspieler sei= nes eigenen Ingeniums, hat an Nestroys spielerischer Beredsamkeit, seiner das Leben als einen schlaflosen Monolog begreifenden Begrifflichkeit sich nicht satt hören können, da alles in ihm ihr entgegnete.

In dieser kurzen Geschichte einer Selbst= verwirklichung kraft des Geistes ist, wie be= reits sonst im Verlaufe meiner Zeichnung eines die Zeit um seine Höhe überragenden Kopfes das moralische Ereignis angedeutet, das den Umrissen seiner Züge die sie von innen überfliegende Farbe verleiht: es ist, wachsend von früher Enttäuschung abseits gehegter Erwartung über die spöttische Feststellung jämmerlicher Erfahrungen zu ingrimmig versammelter Verachtung, die unter heftigen Eindrücken jäh in Zornflammen aufloht, die Empfindung eines entsetzlichen Mißstandes, der von unbestechlichem Urteil als der Aussatz einer sich in ihrer unheilbaren und verworfenen Verwüstung wohlgefälligen Welt beim Namen genannt wird.

Ein einst mit Genugtuung als stolze Errungenschaft der Freiheit begrüßter Bastard des Geistes, der anmaßliche Ungeist einer öffentlichen Meinung, der sich, einmal eingelassen in den bis dahin trotz allen Übeln gesunden Bau der Gesellschaft, als ihr Zerstörer erzeigte, war schon vor Kraus von manchem hellen Auge in seiner Verderblichkeit erkannt worden, vereinzelte warnende Rufe hatten sich erhoben, als es noch möglich schien, dem Vernichtungswerke durch heilsamen Eingriff, strenge Maßnahmen Einhalt zu tun. Da sich die berufenen Hüter der Ordnung als unfähig erwiesen hatten, zu bannen, was sie selbst nicht zuletzt zu fördern als ihre Pflicht verkannt hatten, waren da und dort Verwünschungen, Flüche laut geworden. Aber erst als die Fülle der verpesteten Zeit schon mit ihrem Untergang schwanger ging, ist es

Karl Kraus von seinem Schicksal, das in der Verfassung seines Geistes begründet war, auferlegt worden, den aussichtslosen Kampf aufzunehmen mit einem aus dem allgemeinen Wesen nicht mehr auszurottenden Unhold. Was ihn dazu — abgesehen von den Mitteln, die er kraft seiner besonderen Begabung daran verwandte — als ausersehen erweist, war ein ebenso unabhängiger wie in der angeborenen Anständigkeit unberührbarer Charakter und die mit einer jeder Steigerung fähigen Selbstachtung verbundene Entrüstung, die eigenen reinen Züge eines unbedingten Schriftstellers von wüsten und erbärmlichen Aftergeburten auf das Beleidigendste geschändet zu sehen. Er hat den Kampf aufgenommen im vollen Bewußtsein, daß ihm der Sieg nicht beschieden sei.

Aber was er nicht zu vertilgen imstande war, da es am lebenden Leichnam der sittlichen Ordnung, seinem Opfer, in unzähliger Wiederkehr sich aus der Verwesung erneuert, hat er unsterblich gemacht. Er hat die vergängliche Erscheinung einer ausdruckslos fortwuchernden Verheerung in dauernden Gedanken befestigt, die sie als Sprachgestalt bewahren. Dadurch ist er, der Zerstörer, ein Mehrer unseres unvergänglichen Schriftgutes.

LEBENSSKIZZE.

Karl Kraus ist am 28. April 1874 in Jičin in Böhmen als Sohn eines Fabrikanten geboren und kam mit den Eltern als Kind nach Wien, wo er das Franz Joseph-Gymnasium, dann die Universität besuchte. Anfangs hatte er die Rechtswissenschaft gewählt, ging aber bald zur Philosophie über. Die schriftstellerische Laufbahn begann er als Literaturkritiker. Schon die „Demolierte Literatur" (1897), in der er den Wiener Kaffeehausliteraten verspottet, zeigt ihn auf seinem ureigenen Gebiete, der Satire. 1899 schuf er sich in der zwanglos erscheinenden Zeitschrift „Die Fackel", die er allmählich ohne Mitarbeiter bestreitet, die seiner Unabhängigkeit taugliche Bühne. Er erlangt Ruf, der, angefeindet, sich als Ruhm ausbreitet. Dem Schweigen, das ihn einzumauern droht, tritt er als sein eigener Vorleser herausfordernd entgegen. Fehden mit zweifelhaften Größen des Schrifttums machen den jeden Gegner erledigenden Unbedingten gefürchtet. Aber der begeisterte Anhang insbesondere des Meisters beschwörenden und verkörpernden Vortrages — er liest vor allem Shakespeare und Nestroy — wächst zur Gemeinde. Als Vorleser bereist er die Nachbarländer. Auch in Paris wird er gefeiert. Mehr und mehr vertieft er sich mit leidenschaftlicher Liebe und scharfsichtiger Erkenntnis in die deutsche Sprache, deren Gesetze er klarlegt.

Kraus lebt in Wien, dessen Luft ihm, dem auch als Hasser eingefleischten Österreicher, einzig taugt. Der Dienst am Wort, die Arbeit, der er die Nacht weiht, ist ihm gleich Flaubert Ziel und Gehalt des Daseins.

Richard v. Schaukal.

BIBLIOGRAPHIE *

I. WERKE VON KARL KRAUS

(Wenn nichts anderes angegeben ist, im Verlag der „Fackel“,
Wien—Leipzig.)

1. Essays:

1896 Die demolierte Literatur. Wien, A. Bauer (vergriffen).
1898 Eine Krone für Zion. Wien, A. Bauer (vergriffen).
1908 Sittlichkeit und Kriminalität.
1910 Die chinesische Mauer.
1911 Heine und die Folgen.
1912 Nestroy und die Nachwelt.
1919 Weltgericht.
1922 Untergang der Welt durch schwarze Magie.
1929 Literatur und Lüge.

2. Gedichte:

1916 Worte in Versen, Bd. I.
1917 Worte in Versen, Bd. II.
1918 Worte in Versen, Bd. III.
1919 Worte in Versen, Bd. IV.
1920 Worte in Versen, Bd. V.
1922 Worte in Versen, Bd. VI.
1923 Worte in Versen, Bd. VII.
1925 Worte in Versen, Bd. VIII.
1930 Worte in Versen, Bd. IX.

1920 Ausgewählte Gedichte.
1927 Epigramme.
1931 Zeitstrophen.

* Die Bibliographie wurde in der Redaktion der BERICHTE
zusammengestellt. Die Veröffentlichungen über Karl Kraus sind
hier nur unvollständig angeführt.

1919 Die Ballade vom Papagei. Couplet macabre, Worte und Musik von Karl Kraus. Wien, Richard Lányi.

1919 Peter Altenberg. (Grabrede und Grabgedicht.) Wien, Richard Lányi.

1929 Schnellzug. Musik von Eugen Auerbach. Wien, Richard Lányi.

1929 Nächtliche Stunde. Musik von Eugen Auerbach. Wien, Richard Lányi.

3. Aphorismen:

1909 Sprüche und Widersprüche.

1912 Pro domo et mundo.

1919 Nachts.

4. Dramen:

1918 ff. Die letzten Tage der Menschheit.

1921 Literatur.

1923 Wolkenkuckucksheim.

1923 Traumstück.

1924 Traumtheater.

1928 Die Unüberwindlichen.

5. Bearbeitungen, Übersetzungen, Nachdichtungen:

1920 Das Notwendige und das Überflüssige. (Nestroy.)

1925 Der konfuse Zauberer. (Nestroy.)

1931 Timon von Athen. Rundfunk- und Bühnenbearbeitung. Wien, Richard Lányi. (Shakespeare.)

1933 Shakespeare, Sonette. Nachdichtung.

1927 Madame l'Archiduc. Wien, Richard Lányi. (Offenbach·Texte.)

1931 Perichole. Wien, Universal-Edition. (Offenbach-Texte.)

1932 Vert-Vert. (Offenbach-Texte.)

II. VERÖFFENTLICHUNGEN ÜBER KARL KRAUS

1. Monographien (Bücher, Broschüren):

Scheu Robert, Karl Kraus. (Zum 10. Jahrestag des Erscheinens der „Fackel".) Wien, Jahoda & Siegel 1909.

Jörgensen Alfons, Karl Kraus. Der Heinefresser und die Ursachen. (Eine Studie über moderne Journalistik.) Flensburg. Verlag C. Rüffer 1912. 31 S.

Rundfrage über Karl Kraus. Sonderheft „Der Brenner", Innsbruck 1917 (Antwortfolgen der Hefte 18, 19 und 20 des III. Jahrganges 1913).

Studien über Karl Kraus. Innsbruck, Brenner-Verlag 1913. 74 S. Zeichnung von Max von Esterle. Beiträge von:
Dallago Carl, Karl Kraus der Mensch;
Ficker Ludwig, Notiz über eine Vorlesung von Karl Kraus;
Heinrich Karl Borromäus, Karl Kraus als Erzieher.

Müller Robert, Karl Kraus oder Dalai Lama, der dunkle Priester. (Eine Nervenabtötung.) Wien, Heidrich 1914. 38 S. gr.-8⁰, br. Sonderdruck aus „Torpedo".

Liegler Leopold, Karl Kraus und die Sprache. (Vortrag, gehalten am 24. November 1917 im Festsaal des Wiener Kaufmännichen Vereines.) Wien, Richard Lányi 1918.

Kreuzig Fritz, Ave Karl Kraus! Wien, F. Lang 1919.

Ehrenstein Albert, Karl Kraus. Wien, „Die Gefährten", Genossenschaftsverlag 1920.

Liegler Leopold, Karl Kraus und sein Werk. Wien, Richard Lányi 1920. 427 S., mehrfarb. Bildtaf., eine faksimil. Satzkorrektur, 2. unveränd. Aufl. Wien, Richard Lányi 1933.

Rychner Max, Karl Kraus. (Zum 25. Jahrestag des Erscheinens der „Fackel".) Wien, Richard Lányi 1924. Mit einem Bild.

Viertel Berthold, Karl Kraus zum 50. Geburtstag. (Rede, gesprochen bei der Festaufführung von „Traumtheater" und „Traumstück" am 29. April 1924 in der Neuen Wiener Bühne.) Wien, Richard Lányi 1924.

Flatter Richard, Karl Kraus als Nachdichter Shakespeares.

Eine sprachkritische Untersuchung. Wien, Berger & Fischer 1933.

Schaukal Richard, Karl Kraus. Wien, Reinhold-Verlag 1933.

2. Aufsätze und Hinweise in Zeitungen, Zeitschriften und Büchern.

Aus dem Münchener Kunstleben. G. M. Conrad. („Die Gesellschaft", Leipzig, November 1893.)

Ein Karl Kraus-Abend. Karin Michaelis. („Kopenhagener Zeitung", Kjobenhavn, 14. November 1911.)

Über Pro domo et mundo. („Prokroková Revue", Prag, Dezember 1912.)

Kraus und das Rassenproblem. Jörg Lanz von Liebenfels. („Der Brenner", Innsbruck, III, 1913.)

Karl Kraus Vorlesung. Ulrik Brendel. („Die Wage", Wien, XVI, 19. April 1913.)

Augustinus, Pascal und Kierkegaard. Carl Dallago. („Der Brenner", Innsbruck, VI/9, 1916.)

Karl Kraus. (Vorwort, 10 Aufsätze und Nachwort.) B. Viertel. („Die Schaubühne", Charlottenburg, XIII/11, 12, 13, 14, 15, 16, März-April 1917; XIII/18, 19, 22, 23, 24, 26, Mai-Juni 1917.)

Antworten. Siegfried Jacobsohn. („Die Schaubühne", Charlottenburg, XIII/7, 15. Februar 1917.)

Karl Kraus und die Jugend. Fritz Karpfen. („Ver", herausg. von F. Kocmata, Wien 1917/18, S. 199—201.)

Karl Kraus. B. Boyneburg. („Ver", Wien 1917/18, S. 201.)

Karl Kraus, der Mensch. Karl Burger. („Ver", Wien 1917/18, S. 202—204.)

Von und über Karl Kraus. Paul Hatvani. („Die Weltbühne", Charlottenburg, XIV/17, 25. April 1918.)

Vorleser Karl Kraus. Siegfried Jacobsohn. („Die Weltbühne", Charlottenburg, XIV/20, 16. Mai 1918.)

Karl Kraus als Vorleser. Herbert Ihering. („Berliner Börsen-Courier", 9. Mai 1918.)

Der Dichter Karl Kraus. Leopold Liegler. („Friede", Wochenschrift für Politik, I/2, 1918.)

Über Karl Kraus. Hermann Bagusche. („Heidelberger Neueste Nachrichten", 20. Juli 1918.)

Karl Kraus. P. Nikolaus. („Das neue Deutschland", Berlin,
VI/21, 1. August 1918.)

Karl Kraus. Ludwig Steiner. („Prager Tagblatt", Prag,
17. November 1918.)

Karl Kraus. (Zur 500. Nummer der „Fackel".) („Widerhall",
Tiroler Wochenschrift, XIX, 7. Dezember 1918.)

Karl Kraus. Rudolf Beckmann. („Arbeiter-Zeitung", Wien,
11. Dezember 1918.)

Chronik. Dr. Adolf Grabowsky. („Das neue Deutschland",
VII/10, 1919.)

Deutsche Führer. Max Lobkowitz. („Union", Prag, 4. Jänner
1919.)

Karl Kraus-Abend, veranstaltet von B. Viertel und O. Bern-
stein. Camill Hoffmann. („Dresdener Neueste Nachrichten", 15. Februar 1919.)

Die Bestattung. Heinrich Fischer. („Die Wage", Wien,
XXII/4, 1919.)

Karl Kraus und der Sozialismus. L. Kortan. („Die Wage",
Wien, XXI, S. 336—371, 1919.)

Proteste. Otto Soyka. („Deutsche Allgemeine Zeitung", Berlin, 11. März 1919.)

Karl Kraus. Bucsuztató. („Világ", Budapest, 12. März 1919.)

Von Karl Kraus. Willi Wolfradt. („Die Weltbühne", Charlottenburg, XV/28, 3. Juli 1919.)

Kriegsdramen. Josef Glücksmann. („Masken", Red. B. Viertel, Düsseldorf, XX/2.)

Karl Kraus' Kriegsdrama. Ludwig Steiner. („Prager Tagblatt", 25. Dezember 1919.)

Karl Kraus liest. Kurt Tucholsky. („Berliner Tageblatt",
22. Jänner 1920.)

Notiz, bzw. Nachtrag des Herausgebers. Ludwig Ficker. („Der
Brenner", Innsbruck 1920, H. 3 u. 4.)

Karl Kraus in der Gegenwart. Prof. Hans Ziegler. („Linzer Tagblatt", 9. März 1920.)

Vorlesungen von Karl Kraus. Ludwig Steine. („Prager Tagblatt", 15. 6. 1920.)

Karl Kraus. Heinrich Fischer. („Die Weltbühne", Charlottenburg, XVII/3, 20. Jänner 1921.)

Die letzten Tage der Menschheit. B. Viertel. („Die Weltbühne", XVII/41, 13. Oktober 1921.)

Ein Buch über Karl Kraus. Heinrich Fischer. („Die Weltbühne", Charlottenburg, XVII/33, 18. 8. 1921.)

Vorlesungen von Karl Kraus. Ludwig Steiner. („Prager Tagblatt", 1. Jänner 1922, 20. Mai 1922.)

Die letzte Nacht. (Uraufführung.) R. F. Arnold. („Die Literatur", Stuttgart, XXV/23, S. 709.)

Ein Künstler und Kämpfer. O. Pollak. („Der Kampf", Wien, XVI/1923, S. 31—36.)

Der unpopuläre Karl Kraus. J. Bach. („Der Kampf", Wien, XVI/1923, S. 77.)

Karl Kraus und die Fackel. M. Rychner. („Die Weltbühne", Charlottenburg, XX/1924, S. 588.)

Karl Kraus zum 50 Geburtstag. („Neue Züricher Zeitung", 27. April 1924.)

Die Hindenburgwahl und Karl Kraus. Dr. Karl Thieme. („Volksstimme", Magdeburg, 24. Oktober 1925.)

Nochmals Karl Kraus. O. Pollak. („Der Kampf", Wien, XIX/1926, S. 261—267.)

Der wahre Karl Kraus. F. Austerlitz. („Der Kampf", XIX/1926, S. 309—314.)

Karl Kraus und die Arbeiterschaft. H. Menzinger. („Der Kampf", XIX/1926, S. 349—353.)

Nochmals die Karl Kraus-Anhänger. O. Pollak. („Der Kampf", XIX/1926, S. 353—356.)

Form im Klassenkampf. Dr. Karl Thieme. („Kulturwille", Leipzig, Februar 1926.)

Erwiderung auf „Karl Kraus als Vorkämpfer im Klassen-

kampf" von H. Soffner. Dr. Karl Thieme. („Kulturwille",
Leipzig, April 1926.)

Karl Kraus, unser Dichter, Dr. Karl Thieme. („Freie sozia-
listische Jugend", Hamburg, April 1926.)

Bekenntnis zu Karl Kraus. Dr. Karl Thieme. („Rhein-Mainische Volkszeitung", Frankfurt a. M., 10. September 1926,
13. September 1926.)

Karl Kraus und die bürgerliche Presse. Dr. Karl Thieme.
(„Kulturwille", Leipzig, Oktober 1926.)

Karl Kraus. Seine Satire und sein Kampf gegen die bürgerliche Moral. Emil Schönauer. („Der Volksbildner", Karls-
bad, V/9, 1. September 1926.)

Presse und politische Kultur. Kurt Hiller. („Tat und Wille",
Heilbronn, Verlag O. Ulrich 1927, H. 1.)

Lectures de M. Karl Kraus. (Bulletin de la societé pour la
propagation des langues étrangères en France, Nr. 4 [Oct.
—Dec. 1927] und Nr. 1. [Jan.—Mars 1928].)

Dialog über Karl Kraus. Franz Leschnitzer. („Der Fackel-
reiter", Jänner 1928.)

Karl Kraus in München. Peter Bock. („Münchener Mitteilun-
gen", III/10, 9. März 1928.)

Das Ereignis des Schweigens. Dr. Hanns Fischer. („Die
Menschenrechte", III/4, 15. Mai 1928. Verlag Deutsche
Liga für Menschenrechte.)

Die Unüberwindlichen (Uraufführung in Dresden). B. F.
Dolbin. („Die Literatur", Stuttgart, XXXI/1928, S. 596.)

Die Unüberwindlichen. („Das Stichwort", red. von Heinrich
Fischer, Berlin, Theater am Schiffbauerdamm, September
1928.)

Vorlesung Karl Kraus'. Fritz Groß. („Der Abend", Hamburg, 21. 1928.)

Karl Kraus liest in Hamburg. Dr. H. („Die Rampe", Hamburg 1928, H. 1928.)

Karl Kraus in Prag. Emil Franzel. („Sozialdemokrat", Zen-
tralorgan der deutschen sozialdemokratischen Arbeiterpartei
in der Tschechoslowakei, 20. Mai 1928.)

Karl Kraus. Jan Münzer. („Literárni Svět", Prag, I/18, 7. Juni 1928.)

Die Unüberwindlichen. F. G. („Die Rote Fahne", Berlin, 5. Juli 1928.)

Karl Kraus. K. P. („Századunk", Budapest, III/7, August 1928.)

Un poète sans nom. Marcel Ray. („L'Europe Nouvelle", Paris, XI/25, 28. 08.)

L'énigme du poète inconnu. Benoist-Méchin. („L'Europe Nouvelle", Paris, XI, 13. oct. 1928.)

„Die Fackel." (Buch- und Kunstrevue der Wirtschaftskorrespondenz für Polen", Kattowitz, 6. Oktober 1928.)

Karl Kraus und die Unüberwindlichen. Dr. Paul Herzog. („Deutsche Republik", Frankfurt a. M., III/3, 19. Oktober 1928.)

Die „Fackel" in Berlin, Kraus gegen Kerr und Jeßner. („Der Ring", Berlin, H. 43, 21. Oktober 1928.)

An einen Sechzehnjährigen. (Über Ausgewählte Gedichte von Karl Kraus.) Erik Graf Wickenburg. („Frankfurter Zeitung", LXXIII, 11. November 1928.)

Der Nobelpreis denen, denen er gebührt! („Přítomnost", Prag, V/49, 13. Dezember 1928.)

Karl Kraus. Walter Benjamin. („Internationale Revue", Amsterdam, Nr. 17/18, 20. Dezember 1928.)

Karl Kraus et la lutte contre la barbarie moderne. G. Goblot. („Revue d'Allemagne", III/18, April 1929, S. 325 ff.)

Literarische Überschau. Dr. Otto Fränkl. („Das Goetheanum", Dornach, VIII/35, 1929.)

Chronique des jeunes équipes. Guy Crouzet. („Notre Temps", Paris, III/23, 1. Mai 1929.)

Karl Kraus und Offenbach. Ernst Křenek. („Anbruch", Universal Edition, Wien, XI/3, März 1929.)

30 Jahre „Die Fackel". Alfred Sperber. („Czernowitzer Morgenblatt", 31. März 1929.)

Offenbach und Karl Kraus. (Zum Offenbach-Zyklus 3. bis

10. Juni 1929.) Franz Glück. („Wiener Allgemeine Zeitung", 4. Juni 1929.)

Zur Stilkritik der „Letzten Tage der Menschheit". Prof. Ottokar Fischer. („Prager Presse", 16. März 1930.)

Karl Kraus. Rolf Schott. („Allgemeine Rundschau", München, XXVII/35, 30. August 1930.)

Plädoyer für Karl Kraus. Franz Hader. („Rhein-Mainische Volkszeitung", 3. September 1930.)

Karl Kraus, Paul Rilla. („Monatshefte der Breslauer Volksbühne", VIII/4, Dezember 1930.)

Literarisches Dumping. Otto Forst de Battaglia. („Die schöne Literatur", Leipzig XXXI, 1930. Sonderdruck.)

Das Theater von Karl Kraus. Jan Münzer. („Divadlo", Organ der tschechischen Bühnenangehörigen, Prag, Dezember 1930.)

J. J. Offenbach, gesehen von Karl Kraus. W. Benjamin. („Blätter der Staatsoper und der Städtischen Oper, Berlin, XI/15, 1930/31.)

Karl Kraus und Offenbach. Sigismund von Radecky. („Funkstunde", Berlin, 13. Februar 1931.)

Poems by Karl Kraus. (Mit Abdruck von Gedichten.) („Vorwärts", Milwaukee, Wisconsin, 14. Februar 1931.)

Offenbach, Kraus und die anderen. Otto Erich Deutsch. („National-Zeitung", Basel, 15. Februar 1931.)

Karl Kraus. W. Benjamin. (4 Artikel. „Frankfurter Zeitung", LXXVI, 10. März, 14. März, 16. März, 18. März 1931.)

Über den Dichter Karl Kraus. Werner Kraft. („Der Sumpf", Berlin 1932, Heft 4, Oktober.)

Karl Kraus. Georg Moenius. („Allgemeine Rundschau", München, XXIX/46, 12. November 1932.)

Panorama de la prose allemande contemporaine. Otto Forst de Battaglia. („Revue d'Allemagne", Paris, VII/64, Februar 1933, S. 157—159.)

3. Hinweise in Lexiken und Büchern allgemeinen Inhaltes.

Der Große Brockhaus, 15. Auflage. Bd. 10, S. 561.
Meyers Lexikon, 7. Auflage. Bd. 7, S. 96, Bd. 14, S. 1274 f.
Der Große Herder, 4. Auflage. Bd. 3, Sp. 884.
Encyclopaedia Britannica, 14. Auflage. Bd. 13, S. 501.
Nordisk Familjebok, 2. Auflage. Bd. 14, Sp. 1226.
Ilustrowana Encyklopedja (Trzaska, Evert i Michalski), Bd. 2, Sp. 1119.
Masarykův Slovník Naučný. Bd. 4, S. 162.
Jüdisches Lexikon. Bd. 3, Sp. 887.
Εγχυχλοπαιδιχον Λεξιχον, Band 8, Seite 158.

Bauer Friedrich, Jelinek Franz, Pollak Valentin, Streinz Franz, Leitfaden der deutschen Literaturgeschichte für Mittelschulen. 4. Teil. 4. Aufl. Wien, Österreichischer Schulbücherverlag 1924. S. 128.

Soergel Albert, Dichtung und Dichter der Zeit. Neue Folge: Im Banne des Expressionismus. Leipzig, R. Voigtländers Verlag 1925. S. 336, 440, 496.

Bianquis Geneviève, La Poésie autrichienne de Hofmannsthal à Rilke. Paris, Les Presses Universitaires de France 1926. S. 5, 11—13, 31, 313, 326.

Cysarz Herbert, Von Schiller zu Nietzsche. Halle, Max Niemeyer 1928. Bd. 3, S. 356.

Scherer Wilhelm und *Walzel Oskar*, Geschichte der deutschen Literatur. 4. Aufl. Berlin, Askanischer Verlag (Carl Albert Kindle) 1928. S. 655 f., 689, 731.

Österreichs Literatur, in Österreich, ein Land und Volk. Wien und Weimar, Verlag für Volks- und Heimatskunde 1928, S. 50.

Spitzer Leo, Stilstudien. München, Max Hueber-Verlag 1928 Bd. 1, S. 171 f., Bd. 2, S. 85, 205.

Forst-Battaglia Otto, Der Kampf mit dem Drachen. Berlin, Verlag für Zeitkritik 1931. S. 19, 95, 100, 108, 110, 121, 126 f., 137, 162, 230, 232, 238, 242, 247 f., 259.

Nadler Josef, Literaturgeschichte der deutschen Stämme und
Landschaften. Bd. 4: Der deutsche Staat (1814—1914).
3. Aufl. Regensburg, Josef Habbel 1932. S. 695, 914.

Kürschners Deutscher Literaturkalender auf das Jahr 1932.
Herausgegeben von Dr. Gerhart Lüdtke. 46. Jahrgang.
Berlin und Leipzig, Walter de Gruyter 1932. Sp. 757.

Guido K. Brand, Werden und Wandlung. Eine Geschichte
der deutschen Literatur von 1880 bis heute. Berlin, Kurt
Wolff Verlag 1933. S. 57, 114.

Forst-Battaglia Otto, Deutsche Prosa seit dem Weltkriege.
Dichtung und Denken. Leipzig, Emil Rohmkopf 1933.
S. 7—9, 514—516.